Heike Jacobs

Im Schatten der Nacht

AF140548

Im Schatten der Nacht, wird die Hoffnung zu einem Funken, der ein helles Licht entfacht.

Heike Jacobs

.

Ein seltsamer Brief

Der Zauber des Vergessens ermöglicht Marie für viele Jahre ein fast normales Leben. Ihr dunkles Geheimnis bleibt tief in ihrer Seele verborgen, bis ein seltsamer Brief alles verändert. Marie holt den völlig zerknitterten Brief aus ihrer Handtasche und beginnt noch einmal zu lesen.

Meine liebe Marie,

Du warst immer der Sonnenschein in meinem Leben. Soviel Glück habe ich gar nicht verdient. Ich habe so unglaublich viel Schuld auf mich geladen und ich weiß nicht, ob du mir jemals vergeben kannst...

Marie fällt der Brief aus der Hand, als ihr plötzlich jemand auf die Schulter fasst. Erschrocken blickt sie in die Augen eines Fremden. Er spricht mit sanfter Stimme.

»Marie, es ist an der Zeit, dass du dich erinnerst«

Kapitel 1

Es war einmal. Mit diesen Worten beginnen die meisten Märchen, die wir noch aus unserer Kindheit kennen und so soll auch diese Geschichte beginnen. Dies ist die tragische Kindheitsgeschichte der kleinen Marie. Marie ist ein fünfjähriges sehr aufgewecktes, quirliges und fantasievolles kleines Mädchen. Ihre strahlend blauen Augen funkeln wie kleine Sterne in ihrem Gesicht. Über der kleinen Stubsnase hat sie viele kleine Sommersprossen. Die vollen Lippen in ihrem schmalen Kindergesicht verleihen ihr ein puppenhaftes Aussehen. Das goldblonde Haar fällt ihr wie Seide in dicken Locken weit über die Schultern. Marie ist ein sehr zierliches Mädchen und für ihr Alter recht klein. Ihr liebevolles Wesen und das helle klare Kinderlachen bringen Sonnenschein und Freude in jedes Herz. Märchen gehören für Marie zum Leben, wie die Luft zum Atmen. Mit ihrer blühenden kindlichen Fantasie sind Märchen magisch, spannend und immer großartig. In Maries Welt können Pflanzen und Tiere sprechen und es geschehen täglich neue Wunder. Staunend und mit dem Herzen fühlend nimmt sie Dinge war, die den meisten Menschen verborgen bleiben. Marie spielt gern draußen und liebt die Natur. Sie kann stundenlang im Gras liegen und die Wolken beobachten. Ihre Fantasie zaubert aus jeder Wolke etwas Besonderes.

Manchmal kullert sie übermütig über den Rasen, klettert auf Bäume oder beobachtet völlig fasziniert Käfer, die an Pflanzen krabbeln. Sie redet mit allen Pflanzen und Tieren und scheint von ihnen auch eine Antwort zu bekommen. Manchmal bringt sie sogar Tiere mit nach Hause. Neulich hat sie einen kleinen Frosch an einer Pfütze entdeckt. Voller Inbrunst hat sie ihrer Mutter erklärt, dass dieser Frosch Manfred heißt und von nun an bei ihnen wohnen wird. Ihre Mutter hatte große Mühe, Marie zu überzeugen, dass der Frosch doch lieber draußen wohnen soll, auch wenn es ein verzauberter Prinz ist. Selbst Spinnen und Regenwürmer findet Marie total faszinierend. Maries Fantasie schlägt täglich neue Purzelbäume. Alles was sie sich ausdenkt, ist für Marie auch real. Mit den Worten: Es war einmal, beginnt jede Gutenachtgeschichte, die ihr ihre Mutter abends vorliest und auch jede Geschichte, die sich Marie selber ausdenkt. Ihre Eltern sind immer wieder über Maries unglaubliche Fantasie erstaunt. Egal, ob es eine verwunschene Prinzessin, eine Meerjungfrau, ein Engel, ein starker Ritter oder ein unsichtbares Einhorn ist, Marie beschreibt diese Fabelwesen bis ins kleinste Detail. Mit ihrer unglaublichen Vorstellungskraft werden diese Wesen für Marie real. Dieses wundervolle kleine Mädchen ist der Sonnenschein der ganzen Familie. Es gibt aber jemanden, der sieht in dem kleinen Mädchen etwas völlig Anderes.

Kapitel 2

Marie sitzt auf dem Teppichboden und spielt mit ihrer neuen Babypuppe, die sie letzte Woche zu ihrem fünften Geburtstag bekommen hat. Die Puppe liegt frisch gewindelt in Maries Armen und wird von ihr mit einer kleinen Flasche gefüttert. Sie singt mit ihrer hellen klaren Kinderstimme ein Schlaflied für die Puppe. Marie verstummt und blickt erschrocken auf, als ihr jemand auf die Schulter fasst. Sie hat nicht gehört, dass jemand ins Zimmer gekommen ist. Als erstes fällt ihr Blick auf einen langen weißen Bart und wunderschöne himmelblaue Augen. Die Augen wirken unergründlich tief und Marie kann kaum den Blick von ihnen lösen. Dann sieht sie einen spitzen Hut mit einer breiten Krempe und den dunkelblauen langen Mantel, auf dem kleine Sterne funkeln. Marie runzelt die Stirn, blickt sehr skeptisch und fragt dann schüchtern.

»Hallo, wer bist du denn?«

»Ich bin Anton, ein weiser Zauberer aus dem Märchenreich. Ich habe Emma, die gute Fee und Max den kleinen frechen Kobold mitgebracht.«

Wie durch Zauberei sitzen die beiden plötzlich neben Marie auf dem Teppich. Im ersten Moment ist Marie völlig sprachlos. Sie blickt ungläubig von Anton, zu Emma und zu Max. Dann holt sie erst einmal tief Luft bevor sie fragt.

»Was macht ihr denn hier?«

Anton steht vor Marie und blickt sie mit seinen blauen Augen direkt an.

»Wir wollen deine neuen Freunde sein.«

Emma und Max nicken zustimmend.

»Und wie seid ihr hier reingekommen, ich habe nichts gehört?«

Marie reibt sich die Augen und kann immer noch nicht glauben, was sie sieht. Anton beginnt zu lächeln.

»Das ist die reinste Zauberei. Wir können uns unsichtbar machen und sogar durch Wände gehen.«

Maries Augen werden immer größer. Ungläubig sieht sie die drei unbekannten Wesen in ihrem Zimmer an. Dann beginnt Emma mit sanfter Stimme zu sprechen.

»Du bist in letzter Zeit immer so traurig und wir glauben du brauchst unbedingt Gesellschaft. So eine tiefe Traurigkeit ist nicht gut für ein kleines Mädchen. Du sollst wieder lachen und Spaß haben. Max ist Weltmeister im rumalbern. Wir bringen dich schon wieder zum Lachen. Möchtest du unsere Freundin sein?«

Marie zögert kurz. Sie zieht ihre Augenbrauen nach oben und mustert die Drei noch einmal aufmerksam. Dann beginnt sie plötzlich zu lächeln.

»Ja, ich möchte gern eure Freundin sein. Könnt ihr wirklich zaubern?«

Marie kennt Zauberer und Feen aus ihren Märchen. Sie ist unglaublich stolz nun solche Freunde zu haben. Aufgeregt spricht sie Anton an.

»Könnt ihr jetzt auch etwas für mich zaubern?«
Anton lächelt Marie mit seinen himmelblauen Augen an.

»Ja sicher, was soll ich denn für dich zaubern?«
Marie überlegt kurz, dann huscht auch ein Lächeln über ihr Gesicht. Ihre blauen Augen beginnen wieder zu strahlen. Aufgeregt beginnt sie zu hopsen.

»Ich wünsche mir, dass meine Oma wieder zurück kommt! Kannst du meine Oma wieder herzaubern?«
Anton war auf solchen Wunsch nicht vorbereitet und rollt mit den Augen.

»Na das nenne ich mal einen ausgefallenen Wunsch! Ich glaube so etwas Schweres kann ich nicht zaubern. Deine Oma ist jetzt ein Engel, ganz weit oben im Himmel. Die kann ich nicht zurück auf die Erde zaubern. Was hältst du davon, wenn ich dir deine Oma in meiner Zauberkugel zeige?«
Anton hält Marie eine weiße Glaskugel vor die Nase. Die Enttäuschung ist Marie sofort anzusehen. In ihren Augen glitzern verräterisch die ersten Tränen.

»Ich wünsche mir so sehr, dass meine Oma wieder hier ist. Kannst du sie wirklich nicht zurückzaubern?«
Anton schüttelt entschieden den Kopf.

»Nein, das kann ich wirklich nicht, aber zeigen kann ich dir deine Oma. Sieh in die Zauberkugel.«

Nun laufen die ersten Tränen über Maries Wangen. Marie schnieft, wischt mit der Hand die Tränen aus den Augenwinkeln und blickt in die Kugel.

»Ich sehe nichts, da ist nur Nebel drin.«

Anton streicht Marie zärtlich über die Wange.

»So schnell geht das auch nicht, kleine Marie. Ich muss erst einen Zauberspruch aufsagen und an der Kugel reiben. Du musst dann ganz fest an deine Oma denken und tief hinein sehen.«

Anton hält die Kugel auf seiner linken Handfläche und reibt mit der rechten Hand darüber. Leise beginnt er zu flüstern.

»Zauberkugel, oh du magische Zauberkugel, schenke mir dein Licht. Nebel verzieh dich, um zu sehen, was jetzt noch verborgen ist. Die kleine Marie möchte so gern ihre Oma wiedersehen. Liebe Kugel kannst du mich verstehen? Was düster war, das wird jetzt hell, zeige mir die Oma schnell.«

In diesem Moment beginnt die Kugel magisch zu leuchten. Der Nebel bewegt sich und wird plötzlich zu einem Wirbel. Marie starrt wie hypnotisiert in die Kugel. Ganz langsam entsteht das Bild eines weißen Engels. Mit einem langen Kleid und schillernd weißen Flügeln steht der Engel in mitten der Kugel. Der Engel lächelt und Marie blickt in die vertrauten Augen ihrer Oma. Sofort kullern wieder Tränen über Maries Gesicht, bevor sie schluchzend spricht.

»Oma? Oma, ich habe dich so vermisst. Kannst du nicht wieder zu mir zurück kommen? Bitte, du fehlst mir so!«

Marie kann ihren Blick nicht von der magischen Kugel abwenden. Ihre Oma in der Kugel blickt Marie traurig an und beginnt leise zu sprechen.

»Nicht weinen meine Kleine. Leider kann nicht zu dir zurück kommen. Ich bin für immer ein Engel und wache im Himmel über dich. Damit du nicht mehr so alleine bist, habe ich dir deine neuen Freunde geschickt. Wenn du große Sehnsucht nach mir hast, kannst du mich jederzeit in Antons Zauberkugel sehen. Ich habe dich unheimlich lieb, kleine Marie. Meine Gedanken sind immer bei dir.«

»Ich habe dich auch lieb Oma.«

Die Zauberkugel wird wieder trüb und Marie weint leise. Emma nimmt Marie liebevoll in ihre Arme.

»Weine nicht kleine Marie, deine Oma ist doch jetzt ein Engel. Das ist etwas ganz tolles. Wenn du abends in den Himmel siehst kannst du sie sogar sehen. Der Stern, der am hellsten leuchtet, das ist deine Oma. Sie blinzelt dir sogar zu, wenn du genau hinsiehst.«

Emma drückt Marie einen Kuss auf die Stirn und umarmt sie liebevoll.

»Nicht mehr traurig sein, wir sind doch jetzt für dich da. Komm, lass uns was Schönes spielen. Warst du schon einmal eine Elfe?«

Marie hebt den Kopf und blickt Emma neugierig an. Ihre Fantasie zaubert sofort das Bild einer wunderschönen Elfe.

»Ja, ich wäre sehr gern eine Elfe. Eine Elfe hat glitzernde Flügel und kann bis in den Himmel fliegen. Dann könnte ich doch die Oma besuchen? Anton kannst du mir auch Elfenflügel zaubern?«

Anton verschränkt seine Arme vor der Brust und blickt liebevoll auf die kleine Marie.

»Elfenflügel kann ich dir zaubern, das ist kein Problem. Ich glaube aber, bis zu deiner Oma kannst du damit nicht fliegen. Elfen können nicht so hoch fliegen, dafür sind ihre zarten Flügel zu schwach. Möchtest du trotzdem welche haben?«

Marie blickt Anton enttäuscht an, bevor sie wieder zu lächeln beginnt.

»Elfe sein ist trotzdem schön. Elfen sind wunderschön. Sie haben Flügel aus Mondstaub, die schimmern wie ein Regenbogen. Im Haar haben sie Tautropfen, die wie Diamanten glitzern. Ja, ich möchte unbedingt eine Elfe sein.«

Erwartungsvoll blickt sie Anton an. Er hebt seinen Zauberstab und berührt damit Maries Stirn. Aus Antons Zauberstab kommen glitzernde Sternschnuppen, die auf Marie herunter regnen. Die kleinen Sternchen kreisen wie ein Wirbel um Marie. Mit einem lauten Knall lösen sie sich dann in Luft auf. Marie fühlt sich ganz leicht und frei. Sehr deutlich fühlt sie nun die zarten Elfenflügel auf ihrem Rücken. Sie wackelt mit den Schultern und ihre Elfenflügel bewegen sich. Marie hat das Gefühl, sie schwebt vor Glück über dem Boden. Vor lauter Aufregung ruft sie ganz laut.

»Ich bin eine Elfe, juhu ich bin eine Elfe. Emma, Anton und Max seht mal, ich bin wirklich eine Elfe.«

Anton sieht Marie prüfend an.

»Ich glaube der Zauber ist mir gut gelungen. Du bist die schönste Elfe, die ich je gesehen habe. Deine Flügel schimmern wirklich wie ein Regenbogen.«

Marie ist völlig aus dem Häuschen und läuft aus dem Kinderzimmer.

Kapitel 3

Marie kommt zu ihrer Mutter in die Küche gestürmt.

»Mama, sieh mal, ich bin eine wunderschöne Elfe. Ich habe tolle neue Elfenflügel aus Mondstaub, die schimmern wie ein Regenbogen.«

Marie dreht sich vor ihrer Mutter und wackelt mit den Schultern. Ihre Mutter blickt auf die kleine Marie und lächelt liebevoll.

»Elfenflügel? Warst du nicht gestern noch eine Meerjungfrau? Ich erinnere mich, du wolltest nicht aus der Badewanne kommen, weil du mit deiner Schwanzflosse nicht laufen konntest.«

»Mama, das war doch gestern! Jetzt bin ich eine Elfe. Anton hat gesagt, ich bin die schönste Elfe, die er je gesehen hat.«

Marie strahlt über das ganze Gesicht. Ihre Mutter blickt skeptisch.

»Wer ist denn Anton?«

»Na Anton, der weise Zauberer. Anton ist mein neuer Freund. Er hat einen ganz langen Mantel aus dem Licht der Nacht. Wenn er mich damit einhüllt kann ich die Sterne sehen. Sein langer Bart ist weiß, wie Schnee und ganz weich. In seiner magischen Zauberkugel kann ich die Oma sehen, wenn ich Sehnsucht habe.«

Marie erzählt ganz aufgeregt und ihr entgeht dabei der traurige Blick ihrer Mutter.

»Der Anton scheint ja ein richtiger Zauberer zu sein. Woher kennst du denn den Anton? Hast du dir ein neues Märchen ausgedacht?«

Ihre Mutter lächelt verschwörerisch. Sie zieht ihre kleine Tochter nah an sich und drückt ihr einen Kuss auf die Wange.

»Nein Mama, das ist kein neues Märchen. Anton ist ein richtiger Zauberer. Der war ganz plötzlich da und saß auf meinem Bett. Willst du ihn kennenlernen? Er wartet mit Emma, einer guten Fee und Max, dem Kobold in meinem Zimmer.«

Marie greift nach der Hand ihrer Mutter und zieht sie hinter sich her. Vor dem kleinen Tisch im Kinderzimmer bleibt sie stehen. Auf dem Tisch stehen vier Teller und vier Tassen von ihrem Puppengeschirr.

»Das ist Anton, das ist Emma und der freche Kerl hier ist Max.«

Marie zeigt dabei auf je eine Tischseite.

»Mama ich möchte auch ein so tolles Kleid, wie Emma. Kannst du mir so ein Kleid nähen?«

Ihre Mutter steht immer noch unschlüssig und verwirrt vor dem Tisch. Sie überlegt, wie sie reagieren soll und sucht nach den richtigen Worten, bevor sie antwortet.

»Marie ich glaube ich kann deine neuen Freunde nicht sehen.«

Marie ist völlig entrüstet. Mit großen Augen blickt sie ihre Mutter ungläubig an.

»Was? Du kannst meine Freunde nicht sehen? Die sitzen doch hier und haben dir gerade guten Tag gesagt. Hast du auch nicht gesehen, wie Max dabei seinen Tee umgekippt hat? Er hat jetzt eine nasse Hose.«
Marie blickt verwirrt zu ihrer Mutter auf. Ihre Mutter kniet sich hin und nimmt Marie liebevoll in die Arme.

»Marie ich kann deine Freunde wirklich nicht sehen und hören leider auch nicht. Es liegt bestimmt daran, dass sie magische Zauberkräfte haben. Bei Erwachsenen wirkt das manchmal nicht.«

»Stimmt das Anton?«
Marie blickt unsicher zu Anton. Anton nickt zustimmend.

»Ja deine Mutter hat Recht. Die Erwachsenen haben nicht genug Fantasie. Die können uns nicht sehen. Es ist aber nicht schlimm, wenn deine Mutter uns nicht sehen kann. Hauptsache du siehst uns.«
Marie atmet erleichtert auf.

»Das ist aber schade, dass Mama euch nicht sehen kann!«
Maries Mutter ist sehr einfühlsam und möchte ihre Tochter nicht enttäuschen. Deshalb antwortet sie.

»Hallo Anton, hallo Emma und Max. Schade das ich euch nicht sehen kann. Ich freue mich aber, dass meine Tochter jetzt so tolle neue Freunde hat.«
Marie hopst vergnügt durch das Kinderzimmer.

»Ich hole schnell eine trockene Hose für Max aus meinem Kleiderschrank. Dann spielen wir Mensch ärgere dich nicht. Willst du mitspielen?«

Sie zieht ihre Lieblingshose aus dem Kleiderschrank und blickt ihre Mutter fragend an. Ihre Mutter schüttelt den Kopf und antwortet.

»Nein heute nicht, ich bereite das Mittagessen zu. Es gibt Spaghetti mit Tomatensoße. Deine neuen Freunde können zum Essen bleiben, wenn sie auch Hunger haben.«

Marie wirbelt überglücklich durch das Kinderzimmer.

»Juhu, juhu, juhu Spaghetti! Meine Freunde essen genauso gern Spaghetti wie ich. Wir haben alle großen Hunger. Rufst du uns, wenn das Essen fertig ist? Wir spielen noch solange«

»Ja mache ich.«

Ihre Mutter verlässt bedrückt das Zimmer. Sie weiß, dass Marie der plötzliche Tod ihrer Oma schwer zu schaffen macht. Ihre neuen Freunde helfen hoffentlich dabei, mit dem Kummer fertig zu werden.

Kapitel 4

Marie klingelt stürmisch an der Wohnungstür. Ihre Augen sind verheult, das eine Knie ist aufgeschlagen und das Blut läuft ihr am Bein hinab. Nach dem dritten Klingeln öffnet ihre Mutter endlich die Tür. Entsetzt blickt sie auf ihre kleine Tochter.

»Um Gottes Willen Marie, was hast du denn nun schon wieder angestellt?«
Marie blickt schuldbewusst zu ihrer Mutter auf.

»Ein Elfenflügel ist kaputt. Kannst du den wieder heile machen? Ich war mit Anton, Emma, Max und meinem fliegenden Pferd Robert auf dem Dach von den Garagen. Robert hat sich erschrocken, weil jemand gehupt hat. Vor Schreck hat er ausgetreten und ich bin vom Dach gefallen. Anton war nicht schnell genug und konnte mich nicht mehr festhalten. Emma hat schon mit ihrem Zauberstab Sternschnuppen regnen lassen. Mir tut auch nichts mehr weh. Nur der Elfenflügel ist abgebrochen. Der Mondstaubzauber von Anton ist alle. Er kann den Flügel heute nicht heile zaubern.«
Marie plappert wie ein Wasserfall. Ihre Mutter nimmt Marie an die Hand und zieht sie hinter sich her.

»Ach Marie! Du hast dich auch am Knie verletzt. Das blutet immer noch. Komm mit ins Bad ich muss die Wunde reinigen. Tut dir sonst noch was weh. Das Garagendach ist ganz schön hoch. Wie bist du da überhaupt hoch gekommen. Du sollst doch nicht immer überall hoch klettern, das ist gefährlich!«

Marie verdreht die Augen und antwortet unschuldig.

»Ich bin nicht geklettert, wir sind mit Robert geflogen. Und meine Schuld ist es auch nicht. Max wollte unbedingt auf dem Dach spielen. Nicht böse sein, mir ist doch nichts Schlimmes passiert. Nur mein Elfenflügel ist kaputt. Sieh mal der hängt runter.«

Marie dreht ihrer Mutter den Rücken zu und wackelt mit den Schultern. Ihre Mutter muss sich bei dem Anblick das Lachen verbeißen. Sie dreht Marie wieder zu sich um und wischt mit einem nassen Lappen erst einmal den Dreck neben der Wunde ab. Danach tupft sie Jod auf die offene Wunde. Marie beißt die Zähne zusammen und erträgt tapfer den Schmerz. Als dann endlich ein großes Pflaster auf ihrem Knie klebt, fragt sie noch einmal.

»Kannst du jetzt noch mein Elfenflügel heile machen? Wir wollen gleich zu Frau Holle fliegen. Emma möchte dort eine Kissenschlacht machen, damit es auch im Sommer schneit. Ich liebe Schnee. Bitte Mama, ich brauche meine Flügel weil Robert nicht so hoch fliegen kann.«

Marie zappelt ungeduldig.

»Marie, ich glaube du kannst heute nicht mehr fliegen. Ich weiß nicht, wie man Elfenflügel repariert. Sowas habe ich noch nie gemacht. Vielleicht bleibst du lieber hier und wir beide spielen was Schönes?«

»Oh Mama, ich will nicht drin bleiben. Anton, Emma und Max warten draußen auf mich. Kannst du meinen Flügel wirklich nicht reparieren? Ich brauche meine Flügel ganz dringend. Kannst du nicht einfach versuchen meinen Flügel wieder anzukleben.«
Marie blickt mit großen Augen erwartungsvoll ihre Mutter an. Ihre blauen Augen blicken so hoffnungsvoll, das ihre Mutter lächeln muss.

»Na wenn das so ist, werde ich versuchen deinen Flügel wieder anzukleben. Da fällt mir ein, ich habe ja noch Zauberspray auf dem Schrank. Damit kann man fast Alles wieder ankleben. Das funktioniert bestimmt auch bei deinem Elfenflügel.«
Sie greift nach dem Haarspray auf dem Schrank und schüttelt es kräftig.

»Ja bitte Mama, versuch es!«
Marie hüpft aufgeregt durch das Bad und ihre Augen leuchten hoffnungsvoll.

»Na gut meine kleine Elfe, ich versuche es. Dreh dich bitte um und halte still.«
Marie dreht sich um, ihre Mutter hantiert auf ihrem Rücken und sprüht dann einen Schwall Haarspray in die Luft.

»So kleine Elfe, das war's. Ich glaube es hat funktioniert, dein Flügel ist wieder heile. Wackel mal mit deinen Flügeln, ob es auch hält«
Marie strahlt über das ganze Gesicht und wackelt noch mal mit den Schultern.

»Danke Mama, du bist die Beste. Heb das Zauber-spray bitte für mich auf, falls noch einmal ein Elfenflü-gel abbricht«

Sie schlingt die Arme um den Hals ihrer Mutter und gibt ihr einen dicken Kuss auf die Wange. Bevor ihre Mutter noch was sagen kann, flitz Marie auch schon zur Tür raus.

Kapitel 5

Marie schreit wie am Spieß. Ihre Stimme ist schrill und extrem laut.

»Nein! Du darfst nicht weggehen. Ich will nicht alleine sein.«
Marie krallt sich am Hals ihrer Mutter fest und weint bitterlich.

»Ach Marie, nicht weinen. Ich bin doch nur zwei Wochen weg. Im Krankenhaus machen sie mich ganz schnell wieder gesund. Du wirst auch nicht alleine sein. Einer wird immer bei dir sein. Am Tage passt Tante Sybille, Onkel Willi oder der Opa auf dich auf und abends ist doch der Papa da. Du brauchst wirklich keine Angst zu haben. Es wird immer jemand da sein. Ich bin doch auch bald wieder da.«
Marie beruhigt sich langsam und schnieft ihrer Mutter ins Ohr. Maries Mutter wird das Herz schwer. Sie möchte ihre Tochter auch nicht alleine lassen, aber die Operation lässt sich nicht vermeiden. Sie wird aus ihren Gedanken gerissen, als es klingelt. Sie setzt Marie auf den Boden.

»Marie laufe schnell zur Tür und mache auf, das wird bestimmt Tante Sybille sein.«
Marie liebt ihre Patentante fast genauso wie ihre Mutter und flitzt zur Tür. Sie öffnet ruckartig die Tür. Mit Tränen verschmiertem Gesicht lächelt sie ihre Patentante an.

»Tante Sybille, ich bin jetzt eine Elfe. Sieh mal, was ich für tolle Glitzerflügel habe. Mama hat gestern einen mit Zauberspray wieder angeklebt. Er ist abgebrochen weil ich vom Dach gefallen bin.«

Sybille gibt ihrem Patenkind einen Kuss auf die Stirn.

»Hallo kleine Elfe. Du hast ja wirklich tolle Flügel.«

Sie nimmt Marie auf den Arm und geht mit ihr ins Wohnzimmer. Die beiden Schwestern begrüßen sich mit einem Kuss und blicken sich still in die Augen. Als Zwillingsschwestern verstehen sie sich wortlos. Sybille sieht sofort die Sorgen ihrer Schwester.

»Mach dir keine Sorgen, die Operation wird bestimmt gut verlaufen. Ich passe in der Zwischenzeit auf deinen kleinen Sonnenschein auf«

Sie gibt Marie noch einen dicken Kuss auf die Wange und setzt sie auf den Boden. Nun umarmt sie ihre Schwester herzlich.

»Kopf hoch. Alles wird wieder gut«

Maries Mutter lächelt gezwungen. Das Schlimmste steht ihr gleich noch bevor. Der Abschied von ihrer kleinen Marie. Liebevoll nimmt sie Marie noch einmal in die Arme und küsst sie auf die Stirn.

»Tschüss, kleine Elfe. Seih schön lieb und höre was Tante Sybille sagt. Ich bin in zwei Wochen wieder da. Dann bin ich bestimmt wieder ganz gesund.«

Über Maries Gesicht kullern schon wieder dicke Tränen.

»Mama, ich habe dich so lieb. Ich will nicht, das du weggehst!«

Maries Mutter laufen nun auch die Tränen über das Gesicht. Bevor der Abschied noch schwerer wird greift Sybille nach der kleinen Hand von Marie.

»Komm wir gehen ins Kinderzimmer. Ich habe dir ein kleines Geschenk mitgebracht. Außerdem bin ich neugierig und möchte deine drei neuen Freunde kennenlernen. Die warten doch bestimmt in deinem Zimmer auf dich.«

Sie zieht Marie einfach hinter sich her. Maries Mutter zieht eine Jacke über, greift nach ihrem Koffer und verlässt weinend die Wohnung. Marie setzt sich mit ihrer Tante auf das Bett.

»Was hast du mir denn mitgebracht?«

Marie liebt Überraschungen und platzt fast vor Neugier. Ihre Tante holt ein kleines Päckchen aus ihrer Handtasche und reicht es Marie. Mit großen Augen betrachtet Marie das kleine Päckchen.

»Danke, Tante Sybille.«

Sie öffnet die grüne Schleife und faltet das goldene Geschenkpapier auseinander. Zum Vorschein kommt eine kleine grüne Schachtel. Marie hebt vorsichtig den Deckel ab und erblickt eine kleine Porzellanfigur. Vor Freude beginnt Marie laut zu Jubeln.

»Juhu, die Goldmarie! Die stand immer bei Oma auf dem Nachtschrank.«

Die kleine Figur hat blondes fast goldenes Haar. Sie trägt ein himmelblaues kurzes Kleid mit goldenen Tupfen. In der einen Hand hält sie einen Blumenstrauß und in der anderen Hand eine kleine Gießkanne. Marie liebt diese Figur, seit sie sie das erste Mal gesehen hat. Ihre Oma hat ihr dazu eine spannende Geschichte erzählt.

»Ist die wirklich für mich?«

Freude strahlend hält Marie die kleine Figur behutsam in den Händen. Ihre Tante, weiß wie sehr Marie diese Figur liebt und lächelt.

»Ja du sollst auch eine kleine Erinnerung an deine Oma haben.«

»Danke Tante Sybille. Ich freue mich ja so. Das ist nämlich die verzauberte Goldmarie.«

Marie kann die Augen nicht von der kleinen Figur lassen. Vorsichtig stellt sie die Figur auf ihren Nachttisch. Ihre Tante sitzt auf der Bettkante und fragt neugierig.

»Und stellst du mir nun deine neuen Freunde vor?«

Marie ist immer noch mit der Figur beschäftigt und ohne ihre Tante anzusehen antwortet sie.

»Meine Freunde sind heute nicht da. Anton, Emma und Max suchen im Zauberwald das unsichtbare Einhorn. Die kommen erst morgen wieder zurück.«

Marie kniet vor ihrem Nachtschrank und schaut die kleine Figur an.

»Die verzauberte Goldmarie bleibt jetzt für immer bei mir. Hat Oma dir auch die Geschichte erzählt, wie aus Marie eine Goldmarie wurde?«

Fragend blickt Marie ihre Tante an.

»Nein die kenne ich nicht. Aber wie ich dich kenne, wirst du sie mir gleich erzählen. Die Figur heißt ja genauso wie du. Das wird bestimmt eine spannende Geschichte.«

Marie krabbelt auf den Schoß ihrer Tante und ihre Augen beginnen zu leuchten. Sie blickt noch einmal auf die kleine Figur und beginnt zu erzählen.

»Es war einmal …«

Kapitel 6

Zum Abendessen sind heute auch Maries Onkel Willi und ihr Opa da. Ihr Vater ist noch nicht zu Hause. Wie so oft arbeitet er auch heute bis spät in den Abend. Ihre Tante hat für alle das Essen gekocht. Marie wollte unbedingt Kartoffelsalat und Würstchen essen. Beim Essen wird viel gelacht. Ihr Opa hat genau wie Marie eine blühende Fantasie. Er erzählt eine lustige Geschichte nach der anderen. Marie lacht bis sie Tränen in den Augen hat. So lustig war es seit langem nicht mehr. Eine Stunde später liegt sie frisch gebadet in ihrem Bett. Das weiße Himmelbett von Marie steht in der Ecke des Zimmers direkt neben dem Fenster. Der gelbe Teppich davor schimmert fast golden. Marie mag es nicht, wenn die Vorhänge zugezogen sind. Sie möchte beim Einschlafen immer die Sterne sehen. Außerdem hat sie wie die meisten kleinen Kinder Angst im Dunkeln. Heute sitz ihr Lieblingsonkel Willi an ihrem Bett. Ihr Onkel musste erst im Kleiderschrank, in der Kommode und unter dem kleinen Tisch nachsehen, ob sich dort Ungeheuer versteckt haben. Mal ist es ein feuerspeiender Drache, eine böse Hexe oder ein grünes Monster. Bevor nicht alle Ungeheuer verjagt sind, darf niemand das Licht ausmachen. Das gehört zu Maries Abendritual. Ihr Onkel sitzt seit einer Stunde auf ihrer Bettkannte und liest inzwischen die dritte Gutenachtgeschichte vor. Marie ist felsenfest davon überzeugt, dass ein großer roter Drache auf ihrem Kleiderschrank sitzt und erst verschwindet wenn ihr Onkel noch eine dritte Gutenachtgeschichte vorgelesen hat. Marie kann manchmal ganz schön hartnäckig sein. Ihr Onkel kann zwar nicht so gut Geschichten erfinden wie ihr Opa, aber er ist ein wahrer Meister im Geschichten vorlesen. Mit verstellter Stimme bringt er die Augen von Marie immer zum Strahlen. Seine Geschichten sind so spannend, dass Marie mit geöffnetem Mund fasziniert zuhört. Die dritte Geschichte ist inzwischen zu Ende. Marie blickt noch einmal zum Kleiderschrank, der Drache ist verschwunden. Marie ist so müde, das ihr sofort die Augen zufallen. Ihr Onkel küsst sie noch einmal sanft auf die Stirn, macht dann das Licht aus und geht leise aus dem Zimmer. Wenige Minuten später schläft Marie mit ihrem Teddybären im Arm tief und fest.

Es ist schon weit nach Mitternacht, als die Kinderzimmertür leise wieder geöffnet wird. Ein Mann mit einer brennenden Kerze in der Hand nähert sich wie ein schwarzer Schatten dem Fenster und zieht die Vorhänge zu. Dann stellt er die Kerze auf den kleinen Tisch. Er bleibt eine Weile regungslos vor dem Bett stehen und beobachtet die schlafende Marie. Dann setzt er sich langsam auf die Bettkannte. Durch die Berührung einer rauen Männerhand wird Marie aus ihren Träumen gerissen. Noch schlaftrunken öffnet sie die Augen und blinzelt im Lichtschein der Kerze auf eine goldene Maske im Gesicht dieses Mannes. Sofort ist Marie hellwach und sitzt aufrecht in ihrem Bett. Ihre vor Schreck geweiteten Augen mustern den fremden Mann. Marie überlegt, ob sie lieber nach ihrem Papa rufen sollte, als der Mann zu flüstern beginnt.

»Hallo meine Kleine, ich bin Kunibert ein verwunschener Prinz.«

Die warme weiche Stimme kommt Marie fremd aber gleichzeitig auch vertraut vor. Bevor Marie überlegen kann, ob sie diese Stimme schon einmal gehört hat, spricht der Prinz weiter.

»Mich hat eine böse Hexe verzaubert und mein Gesicht ist nun für immer und ewig eine goldene Maske. Nur die Liebe einer kleinen Prinzessin kann mich wieder erlösen. Willst du meine kleine Prinzessin sein und mir deine Liebe schenken?«

Marie ist aufgeregt, wie noch nie in ihrem Leben. Sie war noch nie eine richtige Prinzessin. Mit großen Augen betrachtet sie den Prinzen ganz genau. Hinter der goldenen Maske schimmern dunkelbraune Augen, die sie intensiv anstarren. Das kurze braune Haar ist mit einer dicken goldenen Krone geschmückt. Ihr Blick fällt auf ein schneeweißes Hemd mit weiten Ärmeln, eine goldene Kette mit einem großen geschwungenen Kreuz und einen blauen Umhang mit goldener Stickerei. Der Mann, der auf ihrem Bett sitzt, sieht wirklich aus wie ein Prinz. Ohne groß zu überlegen antwortet sie.

»Ja, ich will deine Prinzessin sein!«

Marie ist so aufgeregt, dass sie am ganzen Körper zittert. Der Mann küsst Marie sanft auf die Stirn.

»Das ist so schön meine kleine Prinzessin, ich bin so froh, dass ich dich endlich gefunden habe.«

Er nimmt Marie zärtlich in seine Arme und drückt sie lange an sich. Er spürt ihren zierlichen Körper und das kleine Herz, das vor Aufregung wie wild in ihrer Brust hämmert. Einige Minuten hält er Marie einfach nur wortlos im Arm, dann lässt er sie los. Aus einer Umhängetasche holt er ein Päckchen hervor.

»Hier, ich habe dir ein Geschenk mitgebracht.«

Mit diesen Worten drückt er Marie ein Päckchen mit einer dicken roten Schleife in die Hand. Marie liebt Geschenke über alles und hält das Geschenk glücklich in ihren Händen.

»Danke!«

Mit leuchtenden Augen bestaunt sie das golden glänzende Geschenkpapier. Vorsichtig streicht sie mit ihrer kleinen Hand darüber.

»Los mach es auf.«

Der Prinz ist ungeduldig und wartet, dass Marie endlich das Geschenk auspackt. Mit vor Aufregung zitternden Händen öffnet Marie vorsichtig die dicke rote Schleife. Behutsam faltet sie das glänzende Geschenkpapier auseinander. Maries Augen werden immer größer, als sie ein blutrotes Prinzessinnenkleid und ein kleines funkelndes Diadem erblickt. Marie traut ihren

Augen kaum. Das Kleid besteht aus raschelnder roter Spitze und ist mit vielen kleinen Perlen bestickt. Es ist das schönste Kleid, das sie jemals gesehen hat. Noch viel schöner, als sie es sich in ihrer Fantasie hätte vorstellen können. In dem kleinen silbernen Diadem funkeln grüne Steine. Marie betrachtet glücklich ihre Geschenke.

»Oh ist das schön! Danke, danke, danke!«

Voller Freude über die tollen Geschenke umarmt sie den Prinzen stürmisch und drückt ihm mit ihren vollen weichen Lippen einen Kuss auf die Wange. Dann streicht sie noch einmal vorsichtig über die raschelnde Spitze. Die kleinen Perlen glitzern im Kerzenschein wie Tautropfen. Wie hypnotisiert betrachtet Marie ihr neues Kleid. Der Prinz neben ihr wird ungeduldig.

»Schön, dass dir das Kleid gefällt. Ich habe mir gedacht, eine kleine Prinzessin braucht das schönste Kleid, was man im ganzen Königreich bekommen kann. Zieh es endlich an, damit ich sehen kann, ob dir das Kleid auch passt.«

Das lässt sich Marie nicht zweimal sagen. Sie schlüpft aus dem Bett. Schnell zieht sie ihren Schlafanzug aus und lässt ihn achtlos auf den Boden fallen. Den gierigen Blick des Prinzen auf ihrem nackten Kinderkörper spürt sie nicht. Fünf Minuten später hat sie das funkelnde Diadem im Haar und dreht sich mit ihrem neuen Kleid stolz vor dem verwunschenen Prinzen. Marie dreht sich so schnell, bis ihr schwindelig wird.

Die raschelnde rote Spitze ihres langen Kleides breitet sich dabei wie ein Teller aus. Sie ist überglücklich und fühlt sich in diesem Kleid wie eine richtige Prinzessin.

»Danke! Danke! Danke!«

Bevor sich Marie noch einmal drehen kann, hält sie der Prinz am Arm fest. Mit ernster Stimme flüstert er.

»Kleine Prinzessin, du siehst wunderschön in diesem Kleid aus. Es passt dir wirklich perfekt. An dieses Kleid ist aber ein Geheimnis gebunden. Es muss unser Geheimnis bleiben. Du darfst dieses Kleid nur tragen, wenn ich bei dir bin. Kein Anderer außer mir wird dieses Kleid je sehen. Mich hat eine sehr böse Hexe verzaubert. Ich darf nur noch in der Dunkelheit der Nacht nach der Liebe meiner Prinzessin suchen. Niemand darf je erfahren, dass du meine kleine wunderschöne Prinzessin bist. Wenn jemand von unserem Geheimnis erfährt, wird mich die Hexe für immer in einen Stein verwandeln und dich wird sie bestimmt töten. Du darfst unser Geheimnis wirklich niemandem verraten. Versprichst du mir das?«

Erwartungsvoll blickt er Marie tief in die Augen. Marie blickt von den Augen des Prinzen noch einmal auf ihr wundervolles Kleid. Sie liebt Geheimnisse und ist sich sicher, dass sie das Geheimnis bewahren kann. Die Hexe wird keinen Grund haben sie zu töten. Sie hat bisher noch nie ein Geheimnis verraten.

»Ja ich verspreche es und ich schwöre auch«

Zur Untermauerung ihrer Worte hebt sie zwei Finger ihrer rechten Hand.

»Das ist gut meine kleine wundervolle Prinzessin. Ich glaube dir! Komm jetzt her zu mir, ich zeige dir nun, wie du mit deiner Liebe einen verzauberten Prinzen erlösen kannst.«

Stürmisch und grob reißt er Marie an sich. Mit seinen großen Händen hält er ihren Kopf fest und küsst sie. Die goldene Maske die er über Augen und Nase trägt fühlt sich eiskalt auf ihrer Stirn an. Er überhäuft Maries Gesicht mit Küssen. Dann landet er mit seinen Lippen auf ihrem Mund. Als er mit seiner Zunge in Maries Mund eindringt, ist sie völlig verwirrt. Auf diese Art hat sie noch nie geküsst. Er küsst sie immer noch, als seine rauen Hände unter ihr Kleid gleiten und ihren Körper erkunden. Marie hält die Luft an und wird stock steif. Die Berührungen empfindet sie als äußerst unangenehm. Da der Prinz seine Lippen immer noch fest auf ihren Mund presst, kann sie ihm nicht sagen, dass er aufhören soll. Sie beginnt unruhig zu zappeln und versucht sich aus den Armen des Prinzen zu befreien. Je mehr sie zappelt, umso fester hält sie der Prinz fest. Sie bekommt kaum noch Luft. In ihren Ohren rauscht ihr eigener Puls und die Panik lähmt ihren kleinen Körper. Der plötzliche Schmerz durchzuckt ihren Körper und erschüttert sie tief. Marie glaubt sie wird jetzt sterben. Um Marie dreht sich alles, das Herz schlägt bis zum Hals und dicke Tränen der Verzweiflung kullern aus ihren Augen. Marie versucht zu schreien, aber die fremden Lippen verschließen ihr den Mund. Sie zappelt hilflos und strampelt bis ihre Kräfte nachlassen. Sie hört das Stöhnen und Keuchen des Prinzen und hat panische Angst.

Einige Zeit später blickt Marie mit weit aufgerissenen Augen verstört an die Zimmerdecke. Ihr kleiner nackter Körper ist vor Schreck, Schmerz und Enttäuschung völlig erstarrt. Aus ihren Augen kullern still dicke Tränen. Sie traut sich kaum noch zu atmen. Der Prinz ist aus ihrem Zimmer verschwunden, das rote Kleid und das Diadem hat er mitgenommen. Marie krabbelt zitternd unter ihre Bettdecke. Sie zieht die Bettdecke über den Kopf und umschlingt mit den Armen ihre Knie. In ihrer kleinen Kinderseele macht sich eine riesige Angst breit. Marie japst nach Luft und weint nun hemmungslos.

»Mama.«, wimmert sie hilflos.

Kapitel 7

Ein neuer Tag hat begonnen. Nach einer traumlosen Nacht ist Marie völlig verstört in ihrem Bett aufgewacht. Die Erinnerungen an die vergangene Nacht sind sofort wieder da und versetzen sie in Angst und Schrecken. Sie hat panische Angst und eine unglaubliche Sehnsucht nach ihrer Mutter. Mit weit aufgerissen Augen sitzt sie stumm in ihrem Bett und hat Angst unter der Decke hervorzukommen. Sie greift nach dem Teddybären neben ihrem Kopfkissen und zieht ihn ganz dich an sich. Im Wohnzimmer hört sie Frühstücksgeschirr klappern. Sie denkt sofort an das Geheimnis, das sie nicht verraten darf. Sie wird auf keinen Fall irgendjemandem von der letzten Nacht erzählen. Marie klettert nun doch aus dem Bett und schlüpft in ihre Sachen, die auf dem Stuhl liegen. Danach verschwindet sie im Bad, um sich die Zähne zu putzen. Als Marie endlich in das Wohnzimmer kommt, sitzt ihre Tante bereits am Frühstückstisch. Ihr Kopf ist hinter der aufgeklappten Zeitung verborgen. Sie trinkt ihren Kaffe und sagt ohne Marie auch nur eines Blickes zu würdigen.

»Guten Morgen kleine Elfe«

»Guten Morgen. «

Marie flüstert die Antwort und setzt sie sich dann stumm gegenüber an den Tisch. Sie trinkt einen

Schluck von ihrer heißen Milch. Auf Maries Teller liegt schon das Pflaumenmusbrötchen, was ihre Tante schon für Marie geschmiert hat. Marie beißt von ihrem Brötchen ab und der Bissen bleibt ihr fast im Hals stecken. Ihr ist übel und sie mag eigentlich gar nichts essen. Still sitzt sie einfach nur am Tisch. Der Gedanke an die letzte Nacht versetzt sie in Panik. Sie hat so große Angst, dass ihr Herz wie wild in der Brust hämmert. In ihren Augen schimmern verräterisch die ersten Tränen. Ihre Tante sitzt wortlos auf der anderen Seite vom Tisch. Marie ist froh, dass sie nicht von ihrer Zeitung aufblickt. Sie will ihr nicht erklären, warum sie so traurig ist und keinen Hunger hat. Bevor sie zu weinen anfängt, räumt Marie still den Frühstückstisch ab. Ihre Tante blickt kurz von der Zeitung auf und sieht Marie hinterher.

»Was ist denn los, du bist ja heute so still?«

»Ich wollte dich nicht beim Lesen stören.«

Marie verschwindet lieber schnell aus dem Sichtfeld ihrer Tante. Sie stellt das schmutzige Geschirr in die Spüle und wirft das Brötchen in den Müll. Marie hat das Gefühl, sie erstickt gleich in der Wohnung und will nur noch raus hier. Sie ruft von der Wohnzimmertür.

»Kann ich zum Spielen rausgehen?«

Ihre Tante blickt wieder kurz von ihrer Zeitung auf.

»Ja kannst du, aber zieh dir eine Jacke über. Es ist noch ganz schön kalt draußen.«

Marie greift nach ihrer Strickjacke an der Garderobe und ist aus der Wohnungstür raus, bevor ihre Tante noch was sagen kann. Wenige Minuten später ist Marie draußen auf dem Spielplatz. Die Sonne ist nicht mehr so hell, die Pflanzen sind nicht mehr so grün und die Blumen sind nicht mehr so bunt. Der Himmel hat seinen Zauber verloren und das Zwitschern der Vögel hört sie gar nicht mehr. Traurig und verstört steht Marie im Sandkasten und weiß nicht, was sie tun soll. Sie ist so unendlich traurig, dass es schon körperlich schmerzt. Sie sehnt sich nach der Liebe und Geborgenheit ihrer Mutter, einer Umarmung, einem Kuss und tröstenden Worten. Nichts davon wird sie die nächsten Tage bekommen. Ihre Mutter liegt immer noch im Krankenhaus und ihr Vater kommt immer erst nach Hause, wenn Marie schon schläft. Sie fühlt sich heute unglaublich alleine und verlassen. Marie blickt sehnsüchtig zum Himmel empor, in der Hoffnung die Oma kommt zurück, um sie zu trösten. Die Sehnsucht zerreißt ihr fast das Herz. Mit Tränen in den Augen sucht sie zwischen den Wolken nach einem Engel. Marie hat nicht einmal bemerkt, dass ihre Freunde Emma, Anton und Max neben ihr stehen. Sie senkt erst den Kopf, als Anton ihr liebevoll auf die Schulter fasst.

»Hallo kleine Marie, du bist ja heute so traurig. Willst uns nicht erzählen, was los ist?«

Marie zuckt vor Angst gleich zusammen.

Die Gedanken an die letzte Nacht krampfen ihr den Magen zusammen. Ängstlich flüstert sie.

»Nein, ich darf das Geheimnis nicht verraten, sonst erfährt es die böse Hexe und ich muss sterben.«
Anton guckt ungläubig erst zu Emma und Max und dann wieder zu Marie.

»Marie, wir hatten doch noch nie Geheimnisse vor einander. Emma, Max und ich, wir sind doch deine besten Freunde. Wir sind immer für dich da. Wenn wir mit unseren Zauberkräften in deiner Nähe sind, kann dir doch gar nichts passieren. Andere Menschen können uns nicht einmal sehen. Die böse Hexe kann dir also gar nichts tun. Hab keine Angst und sag uns was los ist.«
Liebevoll nehmen Anton, Emma und Max Marie in ihre Mitte. Durch diese liebvolle Umarmung löst sich bei Marie die ganze Anspannung. Dicke Tränen kullern über ihr Gesicht und ihr kleiner Körper wird von einem Weinkrampf geschüttelt. Marie steht im Kreis ihrer guten Freunde und weint nun hemmungslos. Es dauert lange bis sie sich halbwegs beruhigen kann. Immer noch schluchzend beginnt sie ihren Freunden die Erlebnisse der letzten Nacht zu schildern. Ihre Freunde schweigen betroffen und können kaum glauben, was Marie da erzählt. Die Erste, die ihre Worte wiederfindet ist Emma.

»So eine unverschämte Gemeinheit, wie kann ein Prinz nur so etwas Schreckliches tun?«

Dann reden die drei Freunde alle durcheinander. Jeder sucht nach einer Lösung, um Marie zu helfen. Max ist so wütend, das er erst wie wild mit seinen Füßen im Sand stampft und dann Purzelbäume schlägt. Das sieht unglaublich komisch aus und zaubert ein Lächeln auf Maries Gesicht.

»So gefällst du mir schon viel besser.«

Emma gibt Marie einen Kuss auf die Stirn und stellt dann entschieden fest.

»Meine Zauberkräfte reichen leider nicht aus, um den Prinzen für dich zu bestrafen. Hab trotzdem keine Angst mehr. Solche Geheimnisse darf man nicht für sich behalten. Der Prinz ist unheimlich böse. Soll die Hexe ihn doch in einen Stein verwandeln, das kann dir doch nur recht sein. Dann bist du ihn los. Glaube mir, dir wird die Hexe nichts tun. Rede am besten mit deiner Mama, wenn sie wieder da ist. Erzähle ihr das Geheimnis. Die Liebe einer Mutter ist stärker als jeder böse Prinz oder jede böse Hexe. Sie wird dir sicher helfen. Mit meiner Zauberkraft kann ich dich mit wundervollen Gaben, Kraft und Mut beschenken.«

Emma stellt sich direkt vor Marie und breitet ihre Hände aus.

»Ich schenke dir: Mut, Lebenswillen und die Stärke eines Ritters, ein großes liebendes Herz und wundervolle Talente. Du wirst immer für dein Leben kämpfen und niemals aufgeben. Mit viel Fantasie, bist du immer in der Lage von schönen Orten und Dingen zu träumen. Alles wird wieder gut kleine Marie!«

Die gute Fee berührt Marie mit dem Stern von ihrem Zauberstab und Marie steht in einem Regenbogen aus Sternschnuppen. Sofort kehrt das Strahlen in Maries Augen zurück und sie spürt, die neue Kraft und Stärke ganz deutlich.

Der Kummer der letzten Nacht verblasst und sie verbringt einen wundervollen Tag mit ihren Freunden.

Kapitel 8

Marie hat Angst und kann nicht einschlafen. Seit Stunden wälzt sie sich schlaflos im Bett. Dann hört sie, wie die Kinderzimmertür wieder leise geöffnet wird. Im Schatten der Nacht schleicht der Prinz wieder an Maries Bett. Marie liegt zitternd unter ihrer Decke. Die Decke bis zur Nase und den Teddybären fest im Arm wartet sie bis der Prinz vor ihrem Bett steht. Die Kerze, die er jedes Mal mit ins Zimmer bringt, lässt seine goldene Maske gespenstisch leuchten. Marie hat panische Angst. Sie kneift die Augen zu, hält verkrampft die Luft an und hofft, dass der Prinz dadurch verschwindet.

»Na meine kleine Prinzessin, wartest du schon auf mich?«

Das sind die Worte mit denen er Marie auch dieses Mal begrüßt. Er wirft ihr das rote Kleid auf das Bett.

»Hier zieh das an!«

Ohne Marie aus den Augen zu lassen wartet er ungeduldig. Marie schlägt wortlos ihre Bettdecke zurück, zieht ihren Schlafanzug aus und schlüpft in das rote Kleid. Sie weiß genau, was gleich passieren wird. Marie hat in den letzten Tagen gelernt, je weniger sie sich wehrt, umso schneller ist alles vorbei. Kaum hat Marie das Kleid angezogen, wird sie auch schon zurück ins Bett gedrückt. Große raue Männerhände erkunden wieder gierig ihren zarten Körper und schieben das

Kleid nach oben. Die kalte Maske kratzt auf ihrer Haut. Marie liegt regungslos und völlig steif in ihrem Bett. Sie atmet kaum und lässt allen Schmerz über sich ergehen. Die Zunge des Prinzen in ihrem Mund erzeugt Übelkeit und Marie beginnt zu würgen. Sie befolgt den Rat von Emma und träumt sich an einen anderen Ort. Wie durch Zauberei verschwindet damit auch der Schmerz. Marie ist komplett in ihrer Traumwelt. Über eine lange Himmelleiter steigt sie auf in das Paradies. Hoch in den Wolken liegt ihr Märchenreich. Eine sprechende weiße Eule weist ihr freundlich den Weg. Sie Öffnet ein großes Tor hinter den Wolken und betritt ein Schlaraffenland. Hinter dem Tor wartet ihre Oma auf sie. Marie greift nach der Hand des weißen Engels und blickt in die vertrauten Augen ihrer Oma. Sie fühlt sich sofort sicher und geborgen. Staunend betrachtet sie wundervolle Blumen, exotische Tiere und seltsame sprechende Pflanzen. An den Bäumen wachsen süße Früchte, Schokolade, Gummibärchen und Lakritze. Ein Pfefferkuchenhaus steht an einem See aus Schokoladenpudding. Statt Kieselsteinen liegen am Ufer überall Sauerkirschen. Marie ist in ihren Gedanken so weit weg, dass sie nicht einmal bemerkt, wie der Prinz das Zimmer wieder verlässt. Diese Fantasiereise bewahrt Marie davor den Verstand zu verlieren. Nahtlos gleitet sie in einen tiefen Schlaf.
Draußen scheint schon die Sonne, als Marie ihre Augen wieder aufmacht. Ängstlich blickt sie sich in ihrem

Zimmer um. Die Gardienen mit den kleinen Gänseblümchen lassen gedämpftes Tageslicht ins Zimmer. Ihr Teddybär ist auf den Boden gefallen und von dem Prinzen ist nichts mehr zu sehen. Marie atmet erleichtert auf. Im Wohnzimmer hört sie Stimmen. Sie lauscht und erkennt sofort die Stimme ihrer Mutter. Mit einem Satz springt Marie aus dem Bett und stürmt ins Wohnzimmer. Sie hat sich nicht getäuscht, ihre Mutter ist wieder da. Marie läuft ihr sofort entgegen und sinkt erleichtert in ihre Arme.

»Mama, Mama du bist endlich wieder da!«

Marie umklammert den Hals ihrer Mutter. Wortlos genießt sie die vielen Küsse und zärtlichen Berührungen. Ihre Mutter blickt nun in das schmale bleiche Gesicht ihrer Tochter. Marie wirkt völlig verändert. Das sonst so lebhafte Mädchen ist unerwartet still und weicht nicht mehr von ihrer Seite.

»Na du kleiner Langschläfer. Was ist los, geht es dir nicht gut.«

Besorgt fast sie ihrer kleinen Tochter an die Stirn.

»Fieber scheinst du jedenfalls nicht zu haben.«

»Ich freue mich so, dass du endlich wieder da bist. Ich habe dich soooo vermisst und lasse dich nie wieder los«

Mit diesen Worten schlingt Marie ihre Arme noch fester um den Hals ihrer Mutter.

»Ich habe dich auch vermisst mein Schatz!«

Liebevoll gibt sie der kleinen Marie noch einen dicken Kuss. Dann blickt sie ihre Schwester an.

»Gab es Probleme? Marie sieht unheimlich blass aus und wirkt so still.«

Auch ihrer Tante ist die Veränderung in den letzten Tagen aufgefallen. Sybille zuckt mit den Schultern.

»Ich weiß auch nicht, was mit Marie los ist. Sie benimmt sich schon seit ein paar Tagen seltsam. Wahrscheinlich hat sie dich unheimlich vermisst. Sie hatte keinen Hunger, redet kaum, schläft sehr viel und träumt ständig vor sich hin. Krank scheint sie aber nicht zu sein. Vielleicht gehst du aber mit ihr vorsichtshalber doch mal zum Kinderarzt. So ihr Zwei, ich lasse euch jetzt allein. Willi wartet auf mich.«

Sie gibt Marie und ihrer Schwester noch einen Kuss.

»Tschüss ihr Beiden.«

Kurze Zeit später ist sie auch schon zur Tür raus.

Marie hält ihre Mutter immer noch fest umschlungen.

»Du darfst nie wieder weg gehen. Bist du jetzt wieder ganz gesund?«

»Ja, ich bin wieder ganz gesund. Ich will jetzt schnell die Koffer auspacken, vielleicht finde ich ja dabei ein kleines Geschenk für dich. Dann koche ich uns Schokoladenpudding mit Sauerkirschen, das ist doch dein Lieblingsgericht. Hast du Hunger?«

Marie schüttelt nur den Kopf. Sie will ihrer Mutter unbedingt von dem Geheimnis erzählen. Das Geheimnis brennt ihr förmlich auf der Seele. Sie hält den Hals ihrer Mutter immer noch fest umschlungen und sucht nach den richtigen Worten. Ihre Freunde Emma, Anton und Max sind ins Zimmer gekommen und nicken ihr aufmunternd zu. Marie holt noch einmal tief Luft. Etwas unsicher und mit klopfendem Herzen flüstert sie Ihrer Mama ins Ohr.

»Mama ich möchte dir noch ein Geheimnis verraten.« Die Mutter lächelt Marie an. Sie ist so glücklich ihre kleine Tochter wieder in ihrer Nähe zu haben und antwortet sanft.

»Aber Marie, Geheimnisse darf man doch nicht verraten, sonst sind es doch keine Geheimnisse mehr!« Sie blickt in das schmale und ernste Gesicht ihrer Tochter. Auf ihrer Stirn wird sofort eine kleine Sorgenfalte sichtbar. Marie hat sich in den letzten Tagen so drastisch verändert. Sie hat dunkle Ringe unter den Augen, das Gesicht ist blass und schmal. Marie wirkt viel ernster und stiller.

»Was ist denn los, du siehst heute so traurig aus?« Marie holt ganz tief Luft. Ein wenig Angst verspürt sie noch bei dem Gedanken, ihrer Mutter das Geheimnis zu verraten. Dann sprudeln die Worte nur so aus ihr heraus.

»Mama, ich bin eine Prinzessin. Ich habe ein wunderschönes rotes Kleid und eine funkelnde Krone. Nachts kommt der verwunschene Prinz mit der goldenen Maske zu mir und tut mir weh. Ich soll das Geheimnis aber nicht verraten. Wenn es die Hexe erfährt, wird der Prinz in einen Stein verwandelt und ich muss sterben. Die gute Fee Emma hat aber gesagt, ich soll es dir trotzdem erzählen. Die Liebe einer Mutter ist der stärkste Zauber. Nur du kannst mich beschützen. Dann hat mich die Fee mit vielen guten Wünschen beschenkt und es gab einen Regenbogen aus Sternschnuppen!«

Die Worte ihrer Tochter kamen so schnell, dass sie ihr kaum folgen konnte. Sie ist immer wieder fasziniert von der lebhaften Fantasie ihrer kleinen Tochter. Maries Gesicht glüht vor Aufregung.

Kapitel 9

Maries Mutter lächelt über die fantasievolle Geschichte ihrer kleinen Tochter. Mal sind es Riesen, feuerspeiende Drachen, Einhörner oder ein fliegendes Pferd. Diesmal geht es um eine Prinzessin, einen Prinzen, eine Hexe und eine gute Fee. Bei jeder Geschichte wird sie an ihre eigene Kindheit und die Zeit der Märchen erinnert. Liebevoll nimmt sie Marie noch fester in die Arme.

»Das ist ja eine tolle Geschichte, was du in der Zwischenzeit alles erlebt hast? Solange war ich doch gar nicht weg.«
Zärtlich streicht sie ihrer Tochter über das blonde Haar.

»Und kannst du mich beschützen?«
Mit großen Augen blickt Marie ihre Mutter fragend an.

»Wie soll ich dich denn beschützen? Ich bin für Prinzen, Hexen und Feen schon etwas zu alt. Denk dir doch einfach eine neue Geschichte aus. Die Hexe wird im Ofen verbrannt und sie leben glücklich bis an ihr Lebensende.«

»Aber Mamma, so geht das nicht. Das ist kein Märchen, der Prinz ist wirklich da.<<
Mit ernstem Tonfall und hochgezogenen Augenbrauen spricht Marie weiter.

»Mama, ich kann mir nicht einfach ein neues Märchen ausdenken! Die gute Fee hat doch gesagt, nur du kannst mich mit deiner Liebe beschützen! Die Liebe einer Mutter ist stärker als jeder böse Prinz und jede böse Hexe. Außerdem bist du gar nicht zu alt für Prinzessinnen, Hexen und Feen. Und wirst du mir helfen?« Marie stehen die Tränen der Verzweiflung in den Augen. Ihre Mutter blickt sehr besorgt in das bleiche Gesicht ihrer kleinen Tochter. Ihr sind die Tränen in den Augenwinkeln nicht entgangen. Liebevoll antwortet sie.

»Na wenn das so ist, werde ich dir natürlich helfen. Ich habe dich unheimlich lieb, meine kleine Marie. Du bekommst jetzt einfach einen Zauberkuss von mir. So ein Zauberkuss wirkt wie ein Schutzschild, dann kann dir nichts mehr passieren. Komm her meine kleine Prinzessin.«

Mit diesen Worten nimmt sie ihre Tochter fest in die Arme und drückt ihr einen dicken Kuss auf die Wange, das es nur so schmatzt.

»So nun brauchst du wirklich keine Angst mehr vor der bösen Hexe und dem Prinzen zu haben. Dir kann niemand mehr etwas tun.«

Marie atmet erleichtert auf und das Lächeln kehrt in ihr Gesicht zurück. Ihre himmelblauen Augen funkeln wieder vor Glück.

»Danke Mama!«

Marie hüpft aufgeregt um ihre Mutter herum.

»Bekomme ich jetzt mein Geschenk?«

Ihre Mutter ist sofort erleichtert. Maries Augen strahlen wieder und die Neugier ist ihr anzusehen. Auch wenn Marie noch etwas blass wirkt, scheint sie wieder ganz normal zu sein.

»Ja, du kannst du mir beim Kofferauspacken helfen. Vielleicht finden wir dabei dein Geschenk. Du kannst dir ja inzwischen eine neue Geschichte ausdenken. Ja?«

Marie ist so erleichtert. Die Angst ist wie ein Stein von ihrer Seele gefallen. Vor Glück strahlend blickt sie in die liebevollen Augen ihrer Mutter. Marie ist beruhigt und glaubt nun felsenfest, dass der böse Prinz ihr nie wieder weh tun wird. Die böse Hexe hat sie schonlängst vergessen. Neugierig steht sie mit ihrer Mutter vor dem Koffer.

»Was hast du mir denn für ein Geschenk mitgebracht?«

Ihre Mutter lächelt schelmisch und kramt in ihrem Koffer.

»Das wird noch nicht verraten. Das bleibt eine Überraschung, bis du es ausgepackt hast. Ich glaube ich habe es schon gefunden«

Mit diesen Worten holt sie ein winziges Päckchen aus einem Seitenfach des Koffers.

»Hier Bitte. Ich hoffe es gefällt dir.«

Marie hält das winzige Päckchen in den Händen und betrachtet es neugierig. Mit zittrigen Fingern öffnet sie die kleine Schachtel. Mit großen Augen blickt sie auf eine silberne Kette mit einem Kleeblattanhänger.

»Eine Kette mit einem vierblättrigen Kleeblatt! Oh toll Mama. Danke. Kann ich die Kette gleich umbinden?«

» Ja sicher, die gehört jetzt dir. Warte ich helfe dir«
Maries Mutter nimmt vorsichtig die kleine Kette aus der Schachtel und legt sie Marie um den Hals.

»Das ist ein Glücksbringer. Ich weiß doch, das du vierblättrige Kleeblätter so gern magst.«
Marie sammelt immer vierblättrige Kleeblätter. Im Park gibt es eine Stelle, wo sehr viele davon wachsen. Sie bringt fast täglich welche davon mit nach Hause. Die Kette gefällt Marie unglaublich gut. Sie läuft in den Flur und betrachtet sich mit ihrer neuen Kette im Spiegel. Dann ruft sie ganz laut.

»Anton, Emma und Max, seht mal was ich für einen tollen Glücksbringer habe.«
Ihre Freunde kommen aus dem Kinderzimmer und bleiben neben Marie vor dem Spiegel stehen. Marie dreht sich stolz vor dem Spiegel, wie eine kleine Ballerina. Maries Augen leuchten und sie strahlt über das ganze Gesicht. Emma betrachtet den kleinen Glücksbringer aus der Nähe und streicht behutsam mit den Fingern darüber.

»Das ist echtes Silber, eine tolle Kette. Mit diesem Glücksbringer und dem Zauberkuss von deiner Mutter kann dir gar nichts mehr passieren«

Marie ist glücklich und unheimlich erleichtert. Sie freut sich über ihre Kette und folgt ihrer Mutter hopsend in die Küche. Immer wieder ruft sie, ich habe einen tollen Glücksbringer. In der Küche umarmt sie ihre Mutter noch einmal stürmisch.

»Danke Mama, vielen, vielen Dank! Die Kette ist wunderschön. Kannst du mir zur Sicherheit bitte auch noch einen Zauberkuss geben, damit der böse Prinz wirklich nicht wiederkommt.«

Erwartungsvoll blickt sie ihre Mutter an.

»Na dann komm mal her kleine Prinzessin. Hier hast du noch einen Zauberkuss. Prinzen gibt es doch nur im Märchen. Du brauchst wirklich keine Angst vor dem Prinzen zu haben. Mit den vielen Zauberküssen von mir kann dir wirklich niemand etwas tun. Außerdem hast du ja noch den tollen Glücksbringer,«

Mit diesen Worten zieht sie Marie fest an sich und überhäuft ihr kleines Gesicht mit vielen Küssen. Sie genießt es, das sie ihre kleine Tochter wieder hat.

Kapitel 10

Einige Wochen sind vergangen. Der Prinz ist aus Maries Leben verschwunden und die Erinnerungen verblassen langsam. Marie glaubt felsenfest, dass die Zauberküsse ihrer Mutter wirken. Sie liegt frisch geduscht im Bett und denkt an den schönen Tag. Gemeinsam mit ihrem Opa war sie heute auf einem Abenteuerspielplatz, Eis essen, Schwäne füttern und anschließend noch im Zoo. Ihr Opa hat viele lustige Geschichten erzählt und sie hatten reichlich Gelegenheit gemeinsam zu lachen. Ihr Opa sitzt noch an ihrem Bett und hat bereits zwei gute Nachtgeschichten erzählt. Alle bösen Geister sind aus dem Zimmer vertrieben. Marie liegt glücklich im Bett. Ihren Glücksbringer bewahrt sie in einer kleinen Schatzkiste im Nachtschrank auf. Ihr Opa drückt Marie noch einen Kuss auf die Stirn.

»Ich hab dich lieb Opa. Du bist der beste Opa der Welt.«

Marie lächelt ihn glücklich an und kuschelt sich noch einmal in seine Arme.

»Ich habe dich auch lieb, meine kleine Marie.«

Er streicht seiner Enkeltochter liebevoll über das blonde Haar. Mit einer tiefen warmen Stimme singt er für Marie noch ein Schlaflied.

»La, le, lu nur der Mann im Mond schaut zu.«

Bereits nach der ersten Strophe ist Marie in seinen Armen eingeschlafen. Er löst sich aus Maries Umarmung und deckt sie richtig zu. Dann bleibt er noch einen Augenblick an Maries Bett stehen und betrachtet das schlafende Mädchen. Er ist so dankbar für diesen kleinen Engel, der so viel Freude in sein Herz bringt. Besonders nach dem frühen Tod seiner Frau ist Marie der Sonnenschein in seinem Leben. Er macht das Licht aus und verlässt das Kinderzimmer.

Die Glocken der Kirchturmuhr haben gerade zwölfmal geschlagen. Die Kinderzimmertür wird leise geöffnet und ein Schatten huscht durch das Zimmer. Die Kerze in der Hand des Mannes flackert durch den Luftzug. Sein Gesicht wieder hinter der goldenen Maske verborgen, steht er am Bett von Marie. Grimmig und gleichzeitig auch bewundernd betrachtet er das schlafende Mädchen. Seine Augen wandern gierig über den schlafenden Kinderkörper. Marie diese kleine schlafende Elfe geht im einfach nicht mehr aus dem Sinn. Innerlich hasst er sich für seine Taten und trotzdem weckt Maries Anblick schon wieder lustvolle Gedanken. Die letzten Wochen hat es viel Überwindung gekostet, sich von Marie fern zu halten. Er begehrt Marie mehr als alles Andere in seinem Leben. Ihr zierlicher Kinderkörper mit den funkelnden himmelblauen Augen und den kleinen vollen Lippen lässt seine Haut vor Erregung kribbeln. Er kann immer noch nicht glauben, dass die Kleine tatsächlich das Geheimnis an ihre Mutter verraten hat. So viel Mut hat er ihr gar nicht zugetraut. Damit sowas nie wieder vorkommt, will er Marie heute eine Lektion erteilen. Doch vorher will er noch seine Lust befriedigen. Er legt das rote Kleid auf das Bett und reist Marie grob aus ihren Träumen. Die kleine Marie ist von dem Anblick des Prinzen so geschockt, das sie vor Angst laut aufschreit.

» Nein! Geh weg! «

Bevor sie weiter schreien kann, legt der Prinz seine Hand auf ihren Mund. Augenblicklich ist sie still und völlig verkrampft. Sie weiß genau was nun passieren wird. Die schrecklichen Erinnerungen sind sofort wieder da, als ob Alles erst gestern passiert ist. Dabei hat sie doch die letzten Wochen geglaubt, der Prinz kommt nie wieder.

»Zieh dein Kleid an!«

Der Prinz zischt ihr die Worte ins Ohr. Wortlos und zitternd zieht sie ihren Schlafanzug aus und schlüpft in das rote Kleid. Tränen verschleiern ihren Blick, ihr kleiner Körper versteift sich und die Panik raubt ihr den Atem. Sie atmet schnell und stoßweise. Das kleine Herz rast und sie erstickt fast vor Angst. Bevor ihr der Prinz weh tun kann, flüchtet sie in ihre Fantasiewelt. Sie fällt wie eine leblose Puppe auf das Bett und ist in Gedanken weit weg, an einem sicheren Ort. Ihre Fantasie zaubert so plastische Bilder, dass Marie die schrecklichen Dinge und den Schmerz komplett verdrängt. In Gedanken ist sie weit weg. Marie träumt von einer einsamen Insel mit einem wundervollen Strand. In ihrer blühenden Fantasie fühlt sie den warmen Sand unter den Füßen, hört das Wellenrauschen und die Möwen kreischen. Sie riecht die salzige Luft und ein warmer Wind streicht sanft über ihre Haut. Ihr Märchenschloss mit vielen Türmen steht direkt am Wasser. Es ist von einer Hecke mit gelben duftenden Rosen umgeben. Marie überquert eine Hängebrücke und öffnet ein großes braunes Tor. Mitten in Schlosshof steht ein riesiger alter Baum. Der Baum reicht weit in den Himmel. Seine Blätter sehen aus, wie riesige Kleeblätter. An dem Baum wachsen seltsame Früchte, die Marie noch nie zuvor gesehen hat. Der Stamm ist unheimlich dick. Wie hypnotisiert berührt Marie die raue Rinde. Wie durch Zauberei öffnet sich der Stamm und gibt den Blick auf eine Wendeltreppe frei, die sich in dem Baum nach oben windet. Stufe für Stufe steigt Marie immer weiter nach oben. Nach unendlich vielen Stufen ist Marie in der Baumkrone angekommen. Sie öffnet eine kleine Tür und steht in einem wundervollen Baumhaus. Fenster vom Dach bis zum Boden geben den Blick auf das Meer frei. Staunend blickt sie weit auf das Meer hinaus in den wunderschönen Sonnenuntergang. Sie zaubert sich ein Gefühl von Wärme und Geborgenheit. In diesem Märchenreich ist sie zu Hause und niemand kann ihr etwas tun. Sie genießt das schöne Gefühl.

Marie hört plötzlich das Wasser plätschern und ein gleichmäßiges Schaukeln erzeugt leichte Übelkeit. Sie hört auf zu träumen und öffnet die Augen. Verblüfft blickt sie in den Sternenhimmel über sich. Marie kann sich beim besten Willen nicht daran erinnern, wie sie in das schaukelnde Boot gekommen ist. Sie liegt auf dem Boden des Bootes und zittert vor Kälte. Der Vollmond leuchtet hell und die Sterne über ihr funkeln. Marie denkt sofort an ihre Oma und sucht am Himmel nach dem hellsten Stern. Dann wandert ihr Blick in das Boot. Entsetzt entdeckt sie den Prinzen direkt vor sich. Mit kräftigen Bewegungen rudert er das Boot auf einen See hinaus. Marie ist Übel und sie hat keine Ahnung, wo sie hinfahren. Die kalte Nachtluft dringt immer tiefer durch das dünne rote Kleid und jagt ihr einen Schauer über den Rücken. Vor Angst und Schmerz kann sie sich kaum noch bewegen. Ihre Zähne schlagen heftig aufeinander und sie zittert wie Espenlaub. Direkt vor sich blickt sie wieder auf die kalte goldene Maske des Prinzen. Sie fühlt sich unglaublich hilflos und einsam. Der Prinz rudert stumm immer weiter auf den See hinaus. Die Ruder platschen gleichmäßig, wenn sie auf die Wasserfläche treffen. Maries Gedanken drehen sich im Kreis. Plötzlich wirft der Prinz die Ruder ins Boot. Marie hält vor Schreck die Luft an. Wütend ballt sie ihre kleinen Hände zu Fäusten. Sie hat panische Angst, dass ihr der Prinz wieder nahe kommt. Ihr kleiner Körper schmerzt immer noch von den letzten groben Berührungen. Der Prinz reißt Marie mit starken Händen vom Boden hoch und zieht sie dicht an sich heran. Seine braunen Augen blicken durch die Maske wütend direkt in die ihren.

»Kleine Prinzessin, du warst ein ganz böses Mädchen!«

Seine Stimme zittert vor Wut und er zischt ihr ins Ohr.

»Du hast dein Versprechen gebrochen und unser Geheimnis an deine Mutter verraten. Zum Glück hat sie dir nicht geglaubt.«

Marie nimmt ihren ganzen Mut zusammen. Ihre Wut macht sie stark und sie antwortet keuchend.

»Doch hat sie wohl. Meine Mama glaubt mir. Sie hat mich sogar geküsst. Ich habe sogar ganz viele Zauberküsse bekommen, damit du mir nicht mehr weh tun kannst. Emma, Anton und Max glauben mir auch. Vielleicht wirken die Zauberküsse von meiner Mama nicht für immer. Ich brauche nur einen neuen Kuss, dann verschwindest du wieder. Von mir aus kann dich die Hexe auch in einen Stein verwandeln, dann kannst du mir nie wieder weh tun. Die böse Hexe wird mir nichts tun, wenn ich von Mama einen neuen Kuss bekomme«

Marie kann das wutverzerrt Gesicht hinter der goldenen Maske nicht sehen. Er hält Marie mit beiden Händen an den Schultern und schüttelt sie kräftig.

»Du wirst nie wieder ein Geheimnis verraten, nicht an deine Mutter oder an jemanden anders. Ich werde es immer erfahren und dir glaubt sowieso keiner.«

Der Prinz hat sich kaum noch unter Kontrolle und keucht vor Wut.

»Beim nächsten Mal wirst du wirklich sterben. Heute hast du dir nur eine Strafe verdient. Ich zeige dir wie es ist, wenn man stirbt. Sterben kann nämlich sehr weh tun! Und glaube mir, wenn du noch einmal versuchst unser Geheimnis zu verraten, wirst du grausam und schmerzhaft sterben!«

Mit diesen Worten steht der Prinz im Boot auf, hebt Marie hoch und wirft sie einfach ins Wasser. Alles geht blitz schnell. Noch bevor Marie begreift, was los ist, landet sie mit einem lauten Platsch im tiefen kalten Wasser. Das Wasser ist so eiskalt, das es auf der Haut sticht, wie viele Nadelstiche. Marie kann noch nicht schwimmen und ihr kleiner Körper geht mit dem langen Kleid sofort unter. Das Wasser brennt in ihren Augen, in der Nase und im Hals. Marie strampelt um ihr Leben. Ihre Beine haben in dem langen Kleid keine Bewegungsfreiheit. Das Wasser ist überall und sie kommt mit dem Kopf immer nur kurz an die Wasseroberfläche. Sie hustet, würgt und schluckt dabei immer mehr Wasser. Das nasse Kleid zieht Marie immer wieder nach unten. Ihre Panik wird immer größer. Der ganze Körper brennt vor Anstrengung und Erschöpfung. Marie hat viel Wasser geschluckt und bekommt keine Luft mehr. Ihr kleines Herz rast vor Verzweiflung. Sie hat panische Angst, strampelt und schlägt mit den Armen um sich, bis ihre Kräfte nachlassen. Nach einigen Minuten ergibt sie sich kraftlos ihrem Schicksal und geht regungslos unter. Sie ist sich sicher, sie wird jetzt sterben. In diesem Moment fischt sie der Prinz wieder aus dem Wasser. Mühelos zieht er den kleinen Kinderkörper zu sich ins Boot. Wütend lässt er Marie auf den Boden des Bootes fallen. Durch den Aufprall beginnt Marie wieder zu würgen und zu husten. Bei jedem neuen Atemzug schmerzen ihre Lungen. Ihr Körper ist unterkühlt, sie ist völlig entkräftet. Sie zittert so sehr, dass ihre Zähne heftig aufeinanderschlagen. Immer wieder würgt sie und hustet einen neuen Schwall Wasser aus der Lunge. Marie blickt erschöpft und völlig verstört in den klaren Sternenhimmel und wünscht sich eine Sternschnuppe zu sein. Der Prinz rudert schweigend zurück ans Ufer. Er wirft einen Blick auf die zitternde Marie und ist sich nun ganz sicher. Marie wird nie wieder ein Geheimnis verraten.

Kapitel 11

Aus dem einst so lebhaften kleinen Mädchen ist inzwischen ein sehr stilles, ängstliches und total verträumtes Mädchen geworden. Der Schock sitzt tief und Marie zieht sich immer mehr in ihre Gedankenwelt zurück. Mit anderen Kindern spielt sie kaum noch. Selbst bei tollem Sonnenschein will sie nicht mehr raus zum spielen. Am liebsten ist sie mit Emma, Anton und Max alleine im Kinderzimmer. Sie hat große Hemmungen überhaupt noch zu sprechen. Der Bootsausflug hat tiefe Spuren in ihrer kleinen Seele hinterlassen. Das Strahlen in ihren blauen Augen ist verschwunden und ein Lächeln ist nur noch sehr selten in ihrem Gesicht zu sehen. Genau wie an den letzten Abenden wollte Marie nicht freiwillig ins Bett. Auch das altbewährte Abendritual verscheucht die Ungeheuer nicht mehr. Ihre Mutter saß fast Zwei Stunden an ihrem Bett, bis Marie endlich völlig übermüdet eingeschlafen ist. Marie hat höchstens drei Stunden geschlafen und schreit in ihrem Bett wie am Spieß. Ihre Mutter steigt schlaftrunken aus ihrem eigenen Bett und geht zu Marie ins Zimmer. Marie schreit immer noch, als sie das Licht anschaltet. Marie ist völlig nassgeschwitzt und ihre Augen sind verquollen. Den Teddybären im Arm sitzt sie völlig panisch und schreiend im Bett.

»Was ist denn los Marie. Hast du wieder schlecht geträumt?«

Ihre Mutter setzt sich auf das Bett und zieht ihre kleine Tochter fest in ihre Arme.

Marie zuckt zusammen. Sie weiß genau, sie darf das Geheimnis nicht wieder verraten.

»Nein ich habe nichts geträumt, ich habe nur solche Angst im Dunkeln.«

Sie krallt sich verzweifelt am Hals ihre Mutter fest und lässt nicht wieder los.

»Kannst Du mit in meinem Bett schlafen?«

Marie hängt wie eine Klette am Hals ihrer Mutter.

»Na gut kleine Maus, ich schlafe bei dir. Wir kuscheln uns jetzt beide unter deine Decke, dann brauchst du keine Angst mehr zu haben.«

Sie legt sich neben Marie ins Bett und zieht die Decke über sich und ihre kleine Tochter. Hilflos spürt sie, wie das Herz ihrer Tochter immer noch rast. Dann summt sie die Melodie eines alten Kinderliedes, das sie noch aus ihrer Kindheit kennt. Maries Atem wird gleichmäßiger und wenige Minuten später ist sie eingeschlafen.

Die Schatten der Nacht sind verschwunden. Auch an diesem sonnigen Tag ist Marie mal wieder nicht zu bewegen draußen zu spielen. Schmollend ist sie gleich nach dem Frühstück in ihrem Zimmer verschwunden. Seit zwei Stunden sitzt Marie auf dem Boden und schneidet mit einer großen Schere Streifen aus ihrem

Sommerkleid. Überall im Zimmer verteilt liegen kaputte Kleider, Röcke und dicke Strähnen ihres goldblonden Haares. Marie hat für sich beschlossen, sie will kein Mädchen mehr sein. So wie sie die Haare zu fassen bekam, hat sie sie mit der großen Schere fast am Haaransatz abgeschnitten. Mit diesen raspel kurzen Haaren wirken Maries Augen in dem kleinen schmalen Kindergesicht noch viel größer. Marie ist blass und sieht mit ihren riesigen blauen Augen wie ein Gespenst aus. Die Kinderzimmertür wird leise geöffnet und ihre Mutter verharrt entsetzt mitten in der Bewegung.

»Aber Marie, was machst du denn da. Oh Gott, wie siehst du überhaupt aus? Du kannst doch nicht einfach deine schönen langen Haare abschneiden und alle Röcke und Kleider kaputt machen. Warum tust du so etwas. Willst du mir nicht erzählen, was los ist?«
Sie kommt in die Mitte des Kinderzimmers und kniet sich neben Marie.

»Nein!«
Marie verschränkt trotzig die Arme vor der Brust und sagt kein Wort mehr.

»Bitte Marie, sag mir doch was los ist«
Marie blickt ihre Mutter an und schüttelt nur den Kopf. In ihren Augenwinkeln glitzern verräterisch die ersten Tränen. Sie will aber nicht weinen.
Ihre Mutter hat die Tränen in den Augenwinkeln auch gesehen und streicht ihr liebevoll über die Wange.

»Ach Marie, ich sehe doch dass du traurig bist. Bitte erzähle mir doch was los ist.«

Sie streichelt Marie noch einmal über das kurze Haar und wartet. Erst zögert Marie, aber dann platzt es wütend aus ihr raus.

»Ich will kein Mädchen mehr sein! Und ich will nie wieder Kleider anziehen«

Marie kann die Tränen nun nicht mehr zurückhalten und fängt bitterlich zu weinen an. Ihre Mutter weiß gar nicht, was sie tun soll.

»Aber warum denn. Du bist doch nun mal ein Mädchen, daran ändern doch auch deine kurzen Haare nichts.«

Die Mutter blickt sehr besorgt auf ihre kleine Tochter. Liebevoll nimmt sie Marie in ihre Arme.

»Du hast doch gerade erst zum Geburtstag einen Puppenwagen bekommen, da fandest du doch Mädchen sein noch ganz toll. Was ist denn passiert, das du kein Mädchen mehr sein willst?«

Bei dem Blick in den Puppenwagen zuckt die Mutter gleich noch einmal zusammen. Die Puppe sieht genauso aus, wie Marie. Die langen Haare sind abgeschnitten und das Kleid ist total zerschnitten.

»Ach Marie, will die Puppe auch kein Mädchen mehr sein?«

Marie blickt grimmig in den Puppenwagen.

»Das ist jetzt Peter und er findet Mädchen sein auch doof.«

Marie liegt in den Armen ihrer Mutter und antwortet schluchzend. Dicke Tränen kullern ihr über das Gesicht und lassen einen Teil ihrer Verzweiflung raus. Die Mutter zieht Marie noch enger an sich.

»Meine kleine Prinzessin, weine doch nicht«

Bei dem Wort Prinzessin beginnt Marie laut und schrill zu kreischen.

»Neiiiiinnn! Ich bin keine Prinzessin und ich bin auch kein Mädchen mehr!!«

Schluchzend umklammert sie den Hals ihrer Mutter. Hilflos und verwirrt über den plötzlichen Aufschrei hält die Mutter Marie einfach nur fest. Sie küsst ihr die Tränen vom Gesicht und streichelt hilflos immer wieder über das kurze Haar.

»Du musst doch keine Prinzessin sein, wenn du das nicht willst. Daran das du ein Mädchen bist können wir aber nichts ändern. Du kannst auch Hosen tragen, wenn du Kleider und Röcke nicht anziehen willst. Deine langen Haare sind ja schon ab. Wenn du lieber kurze Haare haben möchtest, ist das auch egal. Du bist auch mit den kurzen Haaren immer mein niedliches kleines Mädchen. Ich habe dich unheimlich lieb. Willst du mir nicht erzählen, warum du kein Mädchen mehr sein willst?«

Sie blickt fragend ihre Tochter an. Marie schüttelt energisch den Kopf.

»Nein!«

Marie antwortet trotzig. Sie wird unter keinen Umständen das Geheimnis noch einmal verraten.

»Marie bitte, sag mir doch was los ist«

»Nein!«

Marie verschränkt die Arme vor der Brust und blickt auf den Boden.

»Dann gib mir die Schere, damit ich dir wenigstens den Pony noch gerade schneiden kann.«

Marie hebt die Schere vom Boden auf und reicht sie wortlos ihrer Mutter.

»Stillhalten und gerade sitzen.«

Mit mehreren Schnitten versucht ihre Mutter die unterschiedlichen Haarlängen etwas auszugleichen und schneidet den kurzen Pony zumindest halbwegs gerade.

»So, besser geht es nicht. Du hast jetzt ganz kurze Haare. Sammel die langen Haarsträhnen vom Boden auf und wirf sie in deinen Papierkorb. Ich komme nachher zum Staubsaugen.«

Sie verlässt besorgt das Zimmer. Die Veränderung ihrer Tochter ist so gravierend, dass sie jetzt über einen Arztbesuch nachdenkt. Maries Alpträume und das seltsame Verhalten müssen einen Grund haben.

Marie sitzt immer noch auf dem Boden und schmollt. Anton tippt ihr auf die Schulter. Lustlos hebt sie den Kopf und blickt traurig ihre drei besten Freunde an.

»Hallo«

Marie sagt matt nur dieses eine Wort. Emma muss sich das Lachen verbeißen.

»Hallo Marie, was ist denn mit dir passiert. Du siehst ja grauenvoll aus. Dein neuer Haarschnitt ist wohl etwas misslungen? Du siehst aus, wie ein gerupftes Huhn.«

»Ist mir doch egal« antwortet Marie patzig

Max ist immer für einen Spaß zu haben und versucht Marie aufzumuntern. Er greift zwei dicke Haarsträhnen vom Boden, hält sie sich als Zöpfe neben sein rundes Gesicht und steckt Marie frech die Zunge raus. Das sieht unglaublich komisch aus und bringt Marie das erste Mal seit Tagen wieder zum Lachen.

Anton zieht dann Marie vom Boden hoch und nimmt sie fest in die Arme.

»Arme kleine Marie. Es ist so schön, wenn du wieder lachst. Ich habe dich die letzen Wochen nicht mehr lachen sehen. Du musst nicht so traurig sein, du bist viel stärker als du glaubst. Du hast die Kraft und die Stärke eines Ritters und mit deinen kurzen Haaren siehst du nun auch noch so aus.«

Marie wird bei dem Wort „Ritter" ganz hellhörig.

»Anton meinst du wirklich, ich könnte ein Ritter sein? Ich bin doch immer noch ein Mädchen, kann man da überhaupt ein richtiger Ritter sein?«

Anton antwortet geduldig.

»Aber natürlich! Mädchen sind meist die besten Ritter. Die sind eh viel tapferer und mutiger als Jungs!

Mach dir keine Sorgen du bist der mutigste Ritter, den ich kenne. Wir könnten ja alle gemeinsam ein Ritterschild für dich basteln. Vielleicht bringt dich das ja auf andere Gedanken.«

Maries Augen beginnen wieder zu leuchten.

»Ein richtiges Ritterschild? Oh ja!«

Sofort machen sich die drei Freunde an die Arbeit. Marie hat einen großen alten Karton im Zimmer stehen. Daraus schneidet Anton mit der Schere ein großes Schild zu. Emma scheidet aus rotem Geschenkpapier ein großes Kreuz aus. Max hat schon den Klebstoff aus dem Schrank geholt. Der kleine Kobold macht ständig irgendwelchen Unsinn. Er hat gerade die Klebstofftube geöffnet und leckt mit der Zunge daran. Sofort bleibt seine Zunge an dem Sekundenkleber hängen. Mit der Klebstoffflasche an der Zungenspitze ruft er laut

»Hilfe, Hilfe, Hilfe! "«

Anton und Emma brechen in schallendes Gelächter aus. Sie versuchen sofort ihm zu helfen. Gemeinsam ziehen sie mit allen Kräften an der Tube. Die Zunge von Max wird immer lang und länger. Als sich der Kleber löst, schnipst die Zunge wie ein Gummiband zurück. Von diesem Ruck fällt Max rückwärts mit samt Ritterschild vom Tisch. Diese Situation ist so komisch, dass sich jetzt auch Marie vor Lachen nicht wieder beruhigen kann. Sie lacht und lacht bis sie dicke Freudentränen in den Augen hat. Gemeinsam mit ihren drei Freunden bastelt Marie den ganzen Nachmittag an ihrem Ritterschild. Der Gedanke nun ein richtiger Ritter zu sein, gibt ihr neue Hoffnung und neuen Mut. Die Freude ist riesig, als ihr Onkel Willi plötzlich im Kinderzimmer steht.

»Onkel Willi, ich freue mich so, dass du da bist. Ich bin ein richtiger Ritter. Wir haben gerade ein Ritterschild für mich gebastelt. Sieh mal, es ist schon fertig«
Marie zeigt ihm stolz das neue Ritterschild. Liebevoll betrachtet er Marie mit ihrem Ritterschild in der Hand. Er streicht ihr einmal über das kurze Haar.

»Sieht toll aus, dein Ritterschild und der neue Haarschnitt auch. «
Er lächelt Marie an. So eine Tochter hat er sich immer gewünscht, aber leider ist seine Ehe kinderlos.

Marie stürmt an ihrem Onkel vorbei in den Flur. Sie bleibt vor dem großen Spiegel stehen und betrachtet sich. Ihr Vater kommt gerade von der Arbeit. Als die Tür aufgeht rennt Marie ihm entgegen.

»Ich bin ein Ritter, ich bin ein richtiger Ritter! Papa sieh mal, ich bin ein Ritter«
Stolz präsentiert sie ihrem Vater, das neues Ritterschild. Marie sieht so anders aus und sein Blick ruht lange auf seiner kleinen Tochter.

»Mein kleiner Ritter Stoppelschnitt. Was ist denn mit deinem Haar passiert? Du eine hast eine neue Frisur und ich hätte dich ja fast nicht erkannt.«

Ihr Vater guckt immer noch ungläubig auf seine kleine Tochter. Marie sieht mit dem kurzen Haar fast wie ein Junge aus. Er nimmt seine kleine Tochter auf den Arm und gibt ihr liebevoll einen Kuss auf die Stirn. Marie zappelt in seinen Armen und ihre Augen leuchten vor Begeisterung.

»Ja, ich bin ein mutiger Ritter und mein fliegendes Pferd heißt Robert. Es trägt eine Rüstung aus purem Gold. Wir fliegen bis in die Wolken und jagen den den bösen Prinzen. Er hat die hat die Krone der Königin gestohlen und versteckt sich nun in den Wolken aus Zuckerwatte. Im Wald sind auch noch ein großer roter Drachen und ein Riese, die ich besiegen muss. Ich bin unbesiegbar, weil ich keine Prinzessin mehr bin«

Marie bleibt vom schnellen reden die Luft weg. So viele Worte hat sie die ganze letzte Woche nicht gesprochen. Ihr Vater setzt Marie auf den Boden. Er ist immer wieder von der blühenden Fantasie seiner kleinen Tochter fasziniert. Diese hat sie garantiert nicht von ihm geerbt.

»Da kann ich ja heute mitspielen. Ich habe früher Feierabend und endlich mal Zeit für dich. Jeder Ritter braucht doch einen Helfer, der sich zum Beispiel um das Pferd kümmert. Ich könnte doch dein Knappe sein. Sag mir einfach, was ich tun soll.«

Hoffnungsvoll blickt er Marie an.

»Papa, das brauchst du nicht. Onkel Willi ist im Kinderzimmer und spielt schon mit mir. Onkel Willi hat immer tolle Ideen. Wir waren vorhin im Zauberwald und haben das Ei der goldenen Gans gesucht. Das wird mein Geschenk für die Königin zur Hochzeit. Du kannst ja morgen mit mir spielen«

Marie flitzt mit ihrem Ritterschild sofort wieder ins Kinderzimmer. Den traurigen Blick ihres Vaters sieht sie nicht.

Kapitel 12

Seit einer ganzen Woche ist Marie nur noch mit ihrem neuen Ritterschild unterwegs. Sie erfindet täglich neue Ritterabenteuer. Als Schwert hat sie heimlich aus der Küche ein großes Küchenmesser entwendet. Damit sie es nicht wieder zurückgeben muss, versteckt Marie das Messer unter ihrer Matratze. Mit dem Messer unter der Matratze und dem Ritterschild neben dem Bett schläft Marie wieder ohne Alpträume. In ihrer Fantasie träumt sie von großen Heldentaten als starker und mutiger Ritter. Ihre Eltern sind erleichtert. Marie ist fast wieder die alte. Marie hatte auch nichts dagegen, dass ihre Mutter für einen Tag zu ihrer Freundin fährt. Tante Sybille, Onkel Willi und ihr Opa sind zum Abendessen da. Ihr Opa will gerade eine Geschichte erzählen und beginnt mit den Worten.

»Es war einmal ein Prinz«

Marie beginnt sofort wie am Spieß zu schreien.

»Nein Opa, du sollst keine Geschichte von einem Prinz erzählen. Der Prinz ist ganz böse und ich habe solche Angst«

Marie weint bitterlich und kann sich kaum beruhigen. Sie zittert am ganzen Körper und flüchtet sich sofort auf den Schoß ihres Opas.

»Was ist denn los kleine Maus? Ich denke du bist ein mutiger Ritter. Du brauchst doch keine Angst haben.

Wenn du keine Geschichte von einem Prinzen hören willst, erzähle ich einfach eine andere«

Liebevoll nimmt er seine kleine Enkeltochter in die Arme. Marie umschlingt seinen Hals und schmiegt sich an ihn. Ihr Vater blickt eifersüchtig auf seinen Schwiegervater. Der alte Mann hat das Herz von Marie mit seinen tollen Geschichten im Sturm erobert. Maries Vater arbeitet viel und hat wenig Zeit für seine kleine Tochter. Wenn Marie traurig ist sucht sie immer nur bei ihrer Mutter oder bei ihrem Opa Trost. Selbst Onkel Willi ist Marie wichtiger als er. Das versetzt ihm einen Stich ins Herz. Er liebt seine kleine Tochter, aber die Bindung ist nicht so eng, wie er es gern hätte. Er weiß nicht, ob er das jemals ändern kann. Bevor ihr Opa eine neue Geschichte erzählen kann, sagt ihre Tante

»So kleine Maus. Jetzt ist Schlafenszeit. Geh ins Bad, Hände und Gesicht waschen und Zähneputzen nicht vergessen.«

Marie will eigentlich noch nicht ins Bett und sie ruft entrüstet.

»Muss ich jetzt schon ins Bett? Ich bin noch gar nicht müde.«

Ihr Opa schiebt Marie von seinem Schoß und antwortet.

»Deine Tante hat recht. Es ist wirklich schon spät und ich habe heute gar keine Lust mehr noch eine Geschichte zu erzählen.«

Marie stemmt ihre Hände in die Hüften und blickt ihren Opa skeptisch an.

»Und was ist mit einer Gutenachtgeschichte?«

»Die liest heute bestimmt jemand anders vor.«

Mit diesen Worten lächelt er Maries Vater aufmunternd an. Marie bemerkt diesen Blickkontakt nicht und krabbelt gleich auf den Schoß ihres Onkels. Sie schlingt die Arme um seinen Hals und küsst ihn zärtlich auf die Wange.

»Onkel Willi, bringst du mich heute ins Bett und liest mir noch eine Geschichte vor?«

»Mein kleiner starker Ritter, heute bringt dich bestimmt dein Papa mal ins Bett. Er liest dir sicher auch eine Geschichte vor.«

Marie guckt völlig entsetzt von ihrem Onkel zu ihrem Vater.

»Der Papa kann das nicht richtig. Außerdem kann er die Ungeheuer nicht verjagen, weil er sie gar nicht sehen kann. Ich möchte, dass du mich ins Bett bringst. Das macht viel mehr Spaß. Bitte Onkel Willi!«

Ihr Onkel blickt seinen Schwager entschuldigend an und zuckt mit den Schultern. Dann antwortet er Marie.

»Na gut, wenn du das unbedingt möchtest. Gib deinem Papa aber vorher noch einen Gutenachtkuss, sonst ist er sicher traurig.«

Marie wirft ihrem Vater nur eine Kusshand zu. Dann verschwindet sie im Kinderzimmer und holt ihren Schlafanzug. Kurze Zeit später ist sie im Bad fertig und kommt mit einem weiß verschmierten Gesicht zurück ins Kinderzimmer. Ihre Onkel hat inzwischen ein Märchenbuch aus dem Regal genommen und wählt eine Geschichte aus. Als er Marie anblickt, muss er grinsen.

»Marie du hast ja noch ganz viel Zahnpasta im Gesicht. Geh noch mal ins Bad und wisch deinen Mund ab.«

»Onkel Willi, du hast überhaupt keine Ahnung. Das ist keine Zahnpaste, das ist Creme, damit ich keine Falten bekomme.«

Ihr Onkel bricht in schallendes Gelächter aus. Marie verschränkt ihre Arme vor der Brust und zieht die Stirn kraus.

»Du brauchst gar nicht so zu lachen. Wenn man sich nicht jeden Abend eincremt, bekommt man Falten. Das hat Mama gesagt. Die macht das auch jeden Abend«

Ihr Onkel grinst immer noch.

»Ach so. Wir wollen ja nicht, dass du mit fünf Jahren schon Falten bekommst. Sonst siehst du ja wie eine alte Frau aus. Da muss die Creme wohl dran bleiben. Ich verschmiere das nur noch ein wenig.«

Mit seinen großen Händen verteilt er die restliche Creme zärtlich in Maries Gesicht. Marie glänzt nun wie eine kleine Speckschwarte. Dann schlüpft sie unter die Bettdecke und das Abendritual beginnt. Maries Ritterschild steht wie jeden Abend griffbereit neben ihrem Kopfkissen. Heute kann Maries Teddy nicht

schlafen, wenn ihr Onkel keine zwei Gutenachtge-
schichten vorgelesen hat. Im Kleiderschrank sitz noch
ein lila Monster, das auch gern Geschichten hört. Mit
einer Geduld, wie ein Schaukelpferd, liest ihr Onkel
sogar noch eine dritte Geschichte vor. Dann bekommt
Marie noch einen Gutenachtkuss bevor er das Licht
ausmacht und das Zimmer verlässt. Kurze Zeit Später
schläft Marie friedlich.

Stunden später schreckt Marie aus dem Schlaf hoch.
Sie hat ein Geräusch gehört und sitzt nun mit angezo-
genen Beinen ängstlich im Bett. Im Dunkeln tastet sie
nach ihrem Schwert unter der Matratze. Das Ritterschild in der linken Hand und das Schwert in der rechten Hand lauscht sie aufgeregt im Dunkeln. Ein Schatten kommt immer näher. Marie ist sich völlig sicher,
das kann nur der Prinz sein. Sie atmet heftig und ihr
kleines Herz hämmert wie wild in ihrer Brust. Dann
steht der Prinz an ihrem Bett und zündet eine Kerze
an. Die kalte goldene Maske des Prinzen funkelt im
Kerzenschein und Marie hat wieder panische Angst.
   »Na, meine kleine Prinzesin! Wartest du schon auf
mich? Ich habe dir auch ein neues Kleid mitgebracht.
Komm zieh es gleich an.«
Mit diesen Worten wirft er Marie ein türkisfarbenes
Kleid auf das Bett. Ohne das Kleid auch nur eines Blickes zu würdigen, springt Marie aus dem Bett. In der

linken Hand hält sie ihr Ritterschild und rechts das kleine Schwert.

»Nein!«

Marie kreischt ganz laut.

»Ich will das Kleid nicht anziehen. Ich bin auch keine Prinzessin, ich bin ein starker und tapferer Ritter. Mein Schwert wird dich töten, wenn du mir wieder weh tust. Geh weg!«

Kampfbereit steht Marie dem Prinzen gegenüber und hält das Ritterschild schützend vor sich.

Der Prinz ist völlig verblüfft und beginnt schallend zu lachen.

»Marie, du bist kein Ritter. Leg das alberne Ritterschild weg und zieh endlich das Kleid an! Los Prinzessin mach schon! Ich will sehen ob dir das Kleid passt.«

Er macht einen Schritt auf Marie zu, um ihr das Schild aus der Hand zu nehmen.

»Neiiiin! Geh weg!«

Mit diesen Worten stürmt Marie kreischend auf den Prinzen los und rammt ihm ihr kleines Schwert ins Bein. Der Prinz hatte das Messer in Maries Hand bisher nicht gesehen und war auf diese Reaktion nicht vorbereitet. Völlig überrumpelt verliert er durch den plötzlichen Schmerz das Gleichgewicht und kippt nach hinten über. Mit einem dumpfen Knall landet er auf dem Boden. Aus seinem Bein kommt ein dicker Schwall Blut und sickert in den gelben Teppich. Mit schmerzverzerrtem Gesicht drückt er vor Schreck erst einmal beide Hände auf die Wunde. Marie ist völlig panisch und fuchtelt mit dem Messer vor seiner Nase rum. Aus ihrer Kehle dringt ein langer, lauter, kreischender Schrei.

»Nein. Geh weg!! Ich bin ein starker Ritter. Geh weg, sonst muss ich dich töten.«

Marie kann sich überhaupt nicht wieder beruhigen. Sie kämpft verzweifelt um ihr Leben. Der Prinz hat inzwischen den ersten Schock überwunden und schlägt Marie das Messer aus der Hand, bevor sie ihn noch einmal damit verletzen kann. Marie ist wie von Sinnen. Sie schlägt um sich und schreit und schreit und schreit. Immer wieder schreit sie die gleichen Worte.

»Nein, geh weg. Geh weg. Geh weg! «

Dann legen sich die großen Männerhände des Prinzen um ihren Hals und drücken zu, bis sie keine Luft mehr bekommt. Ihr verzweifeltes Schreien hört auf und der kleine Körper wird schlaff. Bewusstlos liegt Marie auf dem Boden. Der Prinz ist immer noch geschockt. Die Schnittwunde an seinem Bein ist tief und blutet heftig. Eilig verlässt er das Kinderzimmer, um die Blutung zu stillen.

Als Marie wieder zu sich kommt, liegt sie wieder in ihrem Bett. Es ist dunkel und still im Zimmer. Der Prinz ist verschwunden, mit ihm auch das Ritterschild und ihr Schwert. Vorsichtig blickt Marie noch einmal auf den Boden, wo der Prinz vorhin gelegen hat. Der

Prinz scheint wirklich weg zu sein und ihr gelber Teppich ist ebenfalls verschwunden. Marie wird von den Erinnerungen überrollt. Sie denkt an das Blut des Prinzen und beginnt hemmungslos zu schluchzen. Sie sitzt im Bett und zittert am ganzen Körper wie Espenlaub. Die Arme fest um die Knie geschlungen sitzt sie einfach nur da und traut sich nicht, sich zu bewegen. Sie erschrickt fast zu Tode, als ihr jemand auf die Schulter tippt. Dann erblickt sie Anton, ihren weisen Zauberer. Erleichtert sinkt sie sofort in seine Arme.

»Anton, ich bin so froh dass du da bist. Ich habe solche Angst. Der Prinz war da und wollte mir wieder weh tun. Ich bin aber ein starker Ritter und habe mutig mit meinem Schwert gekämpft. Auf meinem Teppich war überall Blut. Ist der Prinz jetzt tot?«
Marie zittert in Antons Armen und sie weint bitterlich.

»Tapfere kleine Marie, ich glaube nicht, das der Prinz tot ist, aber du hast ihn sicher verjagt. Ich kann das Geschehene leider nicht ungeschehen machen, aber ich kann jetzt den Nebel des Vergessens über dir ausbreiten.«
Mit diesen Worten zieht er Marie aus dem Bett und hüllt sie liebevoll in seinen langen Mantel ein. Marie steht ganz dicht vor ihm und ein tiefes Gefühl der Erleichterung breitet sich aus. Sein sternenbestickter Mantel ist wie eine Schutzhülle, unter der sie sich verstecken kann. Anton beginnt mit sanfter Stimme zu flüstern.

»Marie, du musst vergessen… Marie du wirst vergessen… Aller Schmerz und Kummer verschwinden nun für immer. Der Zauber des Vergessens wird dich umhüllen, wie dieser Mantel hier. Vergiss das Schlimme, was Dir geschehen ist.«

Immer wieder flüstert er ihr die magischen Worte ins Ohr. Marie hört auf zu weinen und beginnt ruhig und gleichmäßig zu atmen. Ihr Blick geht ins Leere und die Erinnerungen verblassen langsam. Behutsam legt Anton Marie zurück in ihr Bett und deckt sie bis zur Nasenspitze zu. Dann tippt er mit seinem Zauberstab auf ihre Stirn.

»Marie, mein Zauber für dich ist ein normales Leben. Du wirst das Schreckliche, was dir zugestoßen ist für eine lange Zeit vergessen. Du wirst zur Schule gehen und erwachsen werden. Du wirst einen Mann finden, der dir die Liebe schenkt, die du verdienst. Du wirst drei wundervolle Kinder bekommen und eine gute Mutter sein. In deiner Fantasie wirst du an die tollsten Orte reisen und viele deiner Wünsche und Träume werden sich erfüllen. Du wirst deine Talente entdecken, magische Märchen schreiben und tolle Bilder malen. In vielen Jahren, wenn die Zeit dafür reif ist, wirst du dich wieder erinnern. Du wirst erkennen, wer du bist und wo deine Stärke herkommt. Lebe glücklich und kämpfe immer mutig für dein Leben. Gib niemals auf. Schlafe nun kleine Marie und vergiss, was dir angetan wurde«

Anton, Emma und Max stehen bei Marie am Bett und lächeln ihr noch einmal zu. Nacheinander verabschieden sie sich von Marie mit einem Kuss auf die Stirn.

Emma winkt Marie zum Abschied noch einmal zu bevor sie flüstert.

»Auf Wiedersehen kleine Marie. Du brauchst uns nun nicht mehr.«

So plötzlich wie ihre Freunde in ihrem Leben erschienen sind, verschwinden sie jetzt einfach. Die drei lösen sich vor Maries Augen in Nebel. Marie ist so müde, dass sie ihre Augen nicht mehr länger offen halten kann. Sie schließt erschöpft ihre Augen und schläft einen langen Schlaf des Vergessens.

Am nächsten Morgen kann sich Marie an nichts mehr erinnern. Die schlimmen Erinnerungen sind tief verdrängt und nur noch ein Schatten auf ihrer Seele. Selbst an ihre Freunde kann sie sich nicht mehr erinnern. Mit ihrem Teddy im Arm klettert sie aus dem Bett.

In der Wohnung herrscht eine bedrückende Aufbruchsstimmung. Maries Mutter hat geweint und packt eilig viele von Maries Sachen in einen großen Koffer. Marie wird die nächsten Monate bei ihren anderen Großeltern in Rostock leben. Maries Mutter hält das erst einmal für das Beste, wenn Marie nicht mehr hier bleibt. Das Herz wird ihr schwer und sie hofft, dass nie jemand von diesem dunklen Geheimnis erfahren wird. Marie soll die schrecklichen Erlebnisse möglichst schnell vergessen. Sie streicht ihrer Tochter sanft über das kurze Haar.

»Marie wir fahren heute beide zu Oma und Opa ans Meer. Du machst einen ganz langen Urlaub. Was soll ich denn von deinen Spielsachen einpacken.«

Marie freut sich auf ihre Großeltern und einen Urlaub am Meer. Sie hüpft vergnügt durch das Kinderzimmer.

»Juhu, wir fahren ans Meer. Du musst meinen Teddy und das Sandspielzeug einpacken. Meine Schwimmflügel brauche ich auch, damit ich baden darf. Oma hat immer gesagt, ohne Schwimmflügel darf ich nicht ins Wasser, wenn ich noch nicht schwimmen kann. Das große Märchenbuch brauche ich auch, damit Oma mir abends immer eine Geschichte vorlesen kann. «

Zwei Stunden später sitzt Marie mit ihrer Mutter im Zug. Sie weiß noch nicht, dass ihre Mutter nicht mit ihr dortbleiben wird.

Kapitel 13

Viele Jahre später ist aus der kleinen Marie eine starke und erfolgreiche Frau geworden. Der Prinz ist spurlos aus ihrem Leben verschwunden. Die schlimmen Erinnerungen sind verblasst und bilden nur noch einen Schatten auf ihrer Seele. Marie führt ein fast normales Leben. Das dunkle Geheimnis bleibt für viele Jahre tief in ihrer Seele verborgen. Sie hat tatsächlich einen wundervollen Mann geheiratet und drei Kinder bekommen. Ihre Tochter Emma ist inzwischen 12 Jahre alt und ihr Sohn Anton ist zehn. Der vierjährige Max ist ein kleiner Kobold, der sie ganz schön auf Trapp hält. Ihr bisher glückliches Leben gerät völlig aus den Fugen, als ihre Mutter plötzlich Selbstmord begeht. Der Abschiedsbrief, den sie hinterlassen hat, spricht von Schuld und Verzweiflung. Marie ist mit dem plötzlichen Tod ihrer Mutter völlig überfordert. Der Abschiedsbrief ihrer Mutter ergibt keinen Sinn. Seit dem ist nichts mehr wie es war. Marie wird von Alpträumen geplagt und kommt einfach nicht mehr zur Ruhe. Sie hat ständig das Gefühl, sie muss sich an etwas Wesentliches erinnern. Nach der Beerdigung verbringt die Familie ein paar Tage in einem kleinen Gebirgsort. Das traumhafte Winterwetter und die Idylle in den Bergen lassen Marie wieder aufatmen. Ihr Mann ist mit den Kindern auf der Skipiste. Marie hatte heute keine Lust zum Skilaufen, sie genießt lieber die

Ruhe und Stille bei einem langen Spaziergang. Das plötzliche Chaos in ihrer Seele zehrt an ihren Kräften. Völlig in Gedanken setzt sie einen Fuß vor den anderen. An der kleinen Dorfkapelle bleibt sie stehen. Sie war seit Jahren in keiner Kirche mehr. Als sie gegen die schwere Eichentür drückt, ist sie erstaunt, dass die Kapelle geöffnet ist. Marie betritt die kleine Kirche und macht leise die schwere Tür hinter sich zu. Durch die bunten Glasscheiben in den Kirchenfenstern fällt Sonnenlicht und zaubert bunte Lichtreflexe auf den Kirchenboden. Marie betrachtet den prunkvollen Altar. Eine geschnitzte Figur der heiligen Maria mit Jesus auf dem Arm steht direkt neben dem Altar. Marie denkt sofort wieder an ihre Mutter und zündet eine Kerze für sie an. Die friedliche Stille tut ihr gut. Sie setzt sich in die erste Bankreihe und holt den Abschiedsbrief ihrer Mutter aus der Handtasche. Obwohl sie den Brief schon Hundert mal gelesen hat, versteht sie den Sinn immer noch nicht. Marie faltet vorsichtig den zerknitterten Brief auseinander und beginnt noch einmal zu lesen:

Meine liebe Marie,

Du warst immer der Sonnenschein in meinem Leben. Soviel Glück habe ich gar nicht verdient. Ich habe so unglaublich viel Schuld auf mich geladen und ich weiß nicht, ob du mir jemals vergeben kannst.

Du warst ein kleines unschuldiges und sehr fantasievolles Mädchen. Du hast mit deiner kindlichen Fantasie jeden Tag neue Märchen erfunden und unglaubliche Geschichten erzählt. Ich hätte dir besser zuhören und dir glauben müssen. Es gab mehrere Hinweise, die ich als Mutter übersehen habe oder einfach nicht wahr haben wollte. Die schrecklichen Ereignisse haben deiner kleinen Kinderseele großen Kummer zugefügt. Als ich wirklich begriffen habe, was dir angetan wird, konnte ich das Geschehene nicht rückgängig machen. Ich habe versucht Alles zu ignorieren und zu verschweigen. Meine größte Sorge war damals, was andere Leute wohl dazu sagen. Du warst ab diesem Zeitpunkt ein sehr stilles kleines Mädchen. Über das Geschehene hast du nie wieder gesprochen. Ich hatte damals nicht einmal genügend Mut, um deinen Peiniger aus unserem Leben zu verbannen. Ich hatte nur sein Versprechen, dass er dich nie wieder anfassen wird.

Marie fällt der Brief aus der Hand, als ihr plötzlich jemand auf die Schulter fasst. Erschrocken blickt sie in die Augen eines Fremden. Er spricht mit sanfter Stimme.

»Marie es ist an der Zeit, dass du dich erinnerst.«

Als noch zwei weiter Fremde neben ihm auftauchen, versucht Marie ihre Gedanken zu ordnen. Die drei Gesichter sind ihr fremd und kommen ihr doch unheimlich bekannt vor. Sie überlegt krampfhaft, ob sie die drei schon einmal gesehen hat und fragt neugierig.

»Wer seid ihr?«

Anton zieht skeptisch seine Augenbrauen nach oben und antwortet geduldig.

»Marie, du weißt, wer wir sind. Du musst dich nur erinnern!«

Marie mustert noch einmal aufmerksam die drei Gestalten vor sich. In Maries Blick ist noch kein Funken von Wiedererkennen.

»Marie du musst dich erinnern. Ich bin Anton, der Zauberer. Das hier sind Emma, die gute Fee und Max, der kleine Kobold. Wir sind deine besten Freunde aus deiner Kindheit. Erinnerst du dich wieder?«

Marie starrt die Drei wie hypnotisiert an. Die Augen weit aufgerissen, hält sie die Luft an. Der Zauber des Vergessens löst sich plötzlich auf. Tränen laufen ihr über die Wangen. Über viele Jahre hatte sie ihre drei Freunde völlig vergessen. Jetzt stehen die drei plötzlich wieder vor ihr. Das Geheimnis aus ihrer Kindheit war immer ein Schatten auf ihrer Seele, der wie ein düsterer Begleiter in ihrem Unterbewusstsein geschlummert hat. Ihre Erinnerungen nehmen nun grausame Gestalt an und treffen sie mit voller Wucht. Alle schrecklichen Erinnerungen dringen schlagartig in ihr Bewusstsein und versetzen sie in Panik. Marie ringt nach Luft, ihr Herz beginnt zu rasen und alles dreht sich. Sie sieht in ihren Erinnerungen, wie ein Prinz mit einer goldenen Maske in ihr Zimmer kommt und ihr schreckliche Dinge antut. Sie verwandelt sich von seiner Prinzessin in einen kleinen mutigen Ritter und kämpft verzweifelt um ihr Leben. Als der verletzte Prinz ohne seine Maske am Boden liegt, blickt Marie in ein sehr vertrautes Gesicht. Der Schock lässt sie entsetzt schreien. Aus Maries Kehle dringt auch jetzt ein lauter, langer und verzweifelter Schrei. Marie denkt mit Schrecken an ihre Kindheit zurück. Dann erinnert sich auch an ihre Freunde von damals und an die guten Gaben, mit denen sie Ihre Freunde beschenkt haben. Ohne ihre Hilfe hätte sie nie ein normales Leben führen können. Dankbar blickt sie ihre alten Freunde an. Anton tritt einen Schritt vor und umarmt Marie noch einmal.

»Auf Wiedersehen Marie. Du brauchst uns jetzt nicht mehr. Ich wünsche dir ein glückliches Leben. Denke immer daran, die Vergangenheit ist jetzt bereits Geschichte. Die Zukunft ist noch ein Geheimnis und dieser Augenblick ist ein Geschenk.«

Anton küsst Marie noch einmal auf die Stirn, bevor er sie wieder los lässt. Auch Emma umarmt Marie noch einmal herzlich. Sie streicht Marie liebevoll eine Haarsträhne aus dem Gesicht und verabschiedet sich mit ihrer sanften Stimme.

»Auf Wiedersehen Marie. Denke nun an das wundervolle Leben, was noch vor dir liegt. Du hast noch viele Wünsche, Träume und Ziele. Mache einfach den nächsten Schritt. Schreibe deine Geschichte auf und verarbeite damit das Trauma. Das hier ist nicht das Ende, sondern ein neuer Anfang.«

Max macht noch mal einen Purzelbaum, grinst schelmisch und reicht Marie zum Abschied die Hand.

»Auf Wiedersehen Marie. Dein Leben liegt in deiner Hand, mache jeden Tag das Beste daraus.«

Ihre Freunde lächeln ihr noch einmal zu. So plötzlich, wie sie gekommen sind, verschwinden sind sie jetzt wieder. Marie bleibt alleine in der Kirche zurück. Sie weint nun viele Tränen der Verzweiflung, Tränen der Wut, Tränen der Trauer und Tränen der Vergebung.

Als sie sich endlich halbwegs beruhigt hat, hebt sie den Brief ihrer Mutter vom Boden auf und liest weiter:

Du warst immer eine gute Tochter und ich weiß, wie sehr du mich liebst. Diese Liebe habe ich nicht verdient. Ich habe als Mutter völlig versagt. Mit einem erstaunlichen Lebenswillen hast du trotz Allem dein Leben mutig bewältigt. Du bist eine wundervolle Frau und eine sehr einfühlsame Mutter geworden. Wenn ich sehe, wie du dich immer schützend vor deine Kinder stellst, bekomme ich ein schlechtes Gewissen und werde an mein Versagen erinnert. Du und meine drei Enkelkinder sind die größten Geschenke meines Lebens. Bitte verzeih mir, was ich damals getan habe. Ich bin so unglaublich verzweifelt und kann mit dieser Schuld nicht weiterleben. Mit meinem Selbstmord lade ich neue Schuld auf mich, aber ich kann einfach nicht anders. Gib meinen Enkelkindern und deinem Mann einen letzten Kuss von mir. Bitte verzeih mir.

In Liebe deine Mutti

Ich möchte mit dem Verkauf dieses Buches den Verein Wildwasser. e.V. unterstützen. Vielen Dank an alle Leser, dass Sie dieses Buch gekauft haben. Helfen Sie Spendengelder zu sammeln und empfehlen Sie dieses Buch weiter.

Wildwasser Magdeburg e.V.
Beratungsstelle gegen sexuelle Gewalt
Ritterstraße 1 - 39124 Magdeburg
Tel. (0391) 251 54 17
Fax (0391) 251 54 18
www.wildwasser-magdeburg.de
www.heikejacobs.de

Herstellung und Verlag:
BoD - Books on Demand, Norderstedt
ISBN 978-3-7357-3770-0